더 납작 엎드릴게요

더 납작 엎드릴게요

헤이송

고라니북스

정글 아니,
사찰 라이프

K가 절에 들어간다는 사실은 다소 충격적이었다. 절이라 하면 인적이 드물고 고요한 평안함이 깃든 곳이 아니었던가. 주변에 늘 사람이 넘쳐나야 하고, 술과 노는 걸 좋아하고, 소란스러움을 즐기는 그가 절이라니⋯ 절에 들어간다며 내게 연락해 왔을 때 농담인 줄 알았다. 시험에 합격하기 전까지는 절에서 한 걸음도 안 나오겠다는 비장한 마지막 말에는 걱정이 밀려왔다.

K의 전화 후 몇 달 뒤 나도 절에 들어왔으니 그게 벌써 5년 전 일이다. 그렇다. 나도 절로 들어왔다. 조금 더 정확하게 말하자면 절에 소속된 불교 출판사에서 일하는 중이다. '법당 옆 출판사' 그 말이 주는 느낌이 좋았다. 면접을 보고 사무실에서 나와 법당에서 마주친 몇몇 분의 절하는 모습에는 어떤 감명도 받았다. 그렇게 절이 주는 고즈넉한 분위기에 매료되어 출근을 결정했다. 스물아홉, 가을이었다.

20대의 난 불안정한 상태였다. 어떤 일이 내게 맞는지, 무슨 일을 해야 내가 만족할지, 인생의 진로를 고민하며 몇 번의 이직을 했다. 그 결과 다양한 곳에서 만난 다양한 인간들에게 나는 너무 지치고 말았다. 그런데 이곳이라면, 내 불안한 마음을 오래 기댈 수 있을 거라 생각했다. 그땐, 자비는 무자비에서 비롯하고, 평온은 번잡함에서 시작하고, 비움은 가득함이 있어야 가능하다는 것을 몰랐으니까.

어느 곳이든 그곳이 회사가 되는 순간, 정글 라이프는 시작된다. 이곳이 내게 있어 절이 아닌 회사라는 사실 역시 첫 출근에 깨달았다. 내가 누구를 걱정할 처지가 아니었다.

"안녕 아니, 성불하세요."

하루에도 수없이 극락과 지옥을 오가는 사찰 라이프 5년째. 오늘은 성불 대신 칼퇴하고 싶다.

차례

1부

회사가 절입니다만

34살이지만
막내입니다

살다 보면 그런 게 있다. 틀림없이 꼭 일어나고야 마는 필연적인 일이. 내게 있어 '막내'가 그렇다.

집안의 막내를 담당하던 시절이 있었다. 그러다 막내 5년 차에 남동생이 태어났고, 드디어 나는 1남 3녀 중 셋째가 되었다. 그 순간의 환희는 막냇동생을 부려먹을 기회가 생겼다는 사실에서 비롯하였다. 하지만 동생은, 엄마에게 아들 타령을 해 대는 할머니의 성화에서 벗어나게 해준 귀한 아들이었다. 상황이 이렇다 보니, 나는 동생보다 나이와 인생 경력이 많았음에도 불구하고 집안의 막내가 도맡는 온갖 잡일에서 벗어날 수 없었다.

그것이 시초가 되었는지, 지금껏 다녔던 모든 회사에서도 나는 막내였다. 18살에 들어간 첫 회사야 그렇다 쳐도 그다음 회사, 그다음 회사에서도 나보다 어린 사람은 없었다. 그러다 몇 번째인가 나보다 어린 직원을 만났지만, 그는 내 사수였다.

출판사에서 일한 지 5년. 서른네 살이지만 여전히 막내다. 15년 경력의 팀장, 9년 경력의 김 대리 언니 모두 40대로, 나는 경력과 나이에서 완벽하게 막내인 셈이다. 10여 년 전, 신협을 계속 다녔더라면 지금쯤 과장은 됐을 텐데. 현실은 20대 내내 막내로 입사해 막내로 퇴사하길 반복했다.

　　대신 막내 경험치만큼은 최고에 달했다. 원고 교정, 도서 편집, 월간지 연재, 회계, 택배 접수, 택배 발송, 전화 응대와 그 외 잡일까지. 몸이 열 개라도 모자랄 만큼의 일을 아주 여유 있게 해내고 있다. 그중 내가 제일 잘하는 것은 팀장과 김 대리 언니의 기분을 맞춰주는 일이다. 그녀들이 뭘 원하는지, 뭐 때문에 화가 났는지, 그래서 누구를 욕하고 싶은지. 미리 살펴 맞장구를 친다.

　　나는 소심하고 예민하고 스트레스에 놀랍도록 약하다. 하지만 회사에서만큼은 본래의 모습을 숨긴다. 혼내도 혼나는 줄도 모르고, 기분이 나빠도 티 내지 않고 그저 해맑게. 누가 시켜서가 아니다. 집안의 분위기를 지켜내려던 본능이 회사에서도 나온 것뿐이다. 막내라는 불안한 위치에서 자리를 지키는 것은 중요하기에, 막내에게 눈치란 생존이다.

　　"우리 막내 보살 보낼게." 도서 판매부에서 필요한 책이 있어 막내를 출판사로 보낼 테니 잘 챙겨 달라고 연락이 왔다. 얼마 전 서점에 신입사원이 들어왔다는 얘기는 들었는데, 지금쯤 눈치를 보느라 얼마나 힘들까. 같은 막내로서 위로 좀 해줘야지. 내겐 동지가 되어줄 충분한 마음이 있었다.

　　잠시 뒤, 중년의 여성이 나를 찾아왔다. "누구…. 아! 혹시, 서점 막내 보살님?" 그렇다. 내일모레 쉰이 된다 해도 막내가 될 수 있는 곳이 이곳 절이었다. 서른넷, 막내 하기 딱 좋은 나이다.

번뇌의 시그널

출판사에는 점심시간 시그널이 있다. 먼저 팀장이 "공양하러 갑시다."라고 말하는 경우, 그날은 공양간으로 간다. 공양간은 절을 찾아온 분들이 밥을 먹는 공간으로, 직원들에게는 구내식당이 된다.

공양간에서 점심을 먹어 가장 좋은 점은 바로 '시간'이다. 같은 건물이라 가까운 건 말할 것도 없고, 다 차려진 음식을 그릇에 담기만 하면 되니 기다릴 필요도 없다. 점심을 다 먹고 난 후에도 남은 시간은 30분을 넘는다. 그런데도 공양간으로 가는 날이 일주일에 한두 번에 그치는 이유는 바로 메뉴 때문이다. 시래깃국, 콩나물무침, 무생채, 김치. 혹은 미역국, 콩나물무침, 배추겉절이, 김치의 무한루프. 몸 안에서 콩나물이 자랄 것 같은 느낌이 들 때쯤 한 번 등장하는 잔치국수. 매일매일 반복되는 음식들을 먹다 보면 문득 드는 생각이 있다. 이게 바로 육도윤회가 아닐까.

내가 이 정도인데 15년 절밥을 먹은 팀장은 오죽할까. 그런 의미로 두 번째 시그널은 "오늘 점심 뭐 먹을까?"이다. 공양간 밥은 지겨워서 못 먹겠으니 밖으로 나가자는 뜻이다. 점심 시그널을 받았을 때 나는, 내 핸드폰에 저장된 회사 주변의 식당 전화번호와 메뉴를 빠르게 스캔한다. 점심 메뉴를 잘 선택하는 것 역시 막내의 중요한 업무 중 하나다. 밖에서 점심을 먹으면 공양간 밥과는 비교할 수 없을 만큼의 양질의 밥을 먹을 수 있다. 하지만, 식당들이 대부분 멀리 있는 탓에 점심을 먹고 사무실로 돌아오면 바로 업무시간이 되고 만다. 즉, 단 1분의 여유 없이 일만 하는 하루가 된다는 말이다.

자유냐 포만감이냐, 양극단으로 치닫는 식사 사이에서 번뇌는 매일 피어난다.

"점심 뭐 먹을까?"

12시가 되기 10분 전, 팀장이 시그널을 보냈다. 3일째 같은 시그널이 이어지는 바람에 선택의 폭이 좁았다. 신중을 기해 내가 추천한 메뉴는 백반, 찜닭, 칼국수다. 그때부터 점심 메뉴에 관한 회의가 시작되었다. 회의는 진지하고 심각했다. 오늘은 다른 날에 비해 쉽게 의견이 통일되지 않았다. 한참 끝에 결정된 메뉴는 칼국수. 비가 올락 말락 흐린 날씨와 칼국수 가게가 회사에서 제일 가깝다는 이유가 큰 요인으로 작용했다. 그러는 사이, 시간은 12시 5분을 넘어서고 있었다. 우리는 부랴부랴 식당으로 갔다. 오늘만큼은 휴식 시간을 갖겠노라 다짐하며. 하지만 바로 앞에서 걸려버린 신호등과 식당 앞 길게 늘어선 대기 줄에 오늘도 1시간을 꽉 채워 쓸 수밖에 없었다.

점심을 먹고 사무실로 돌아오는 길, 회사 바로 앞 빈 상가에서 분주한 움직임이 보였다. 문에 '임대'가 붙은 지 석 달인가 넉 달 만이었다. 무심한 듯 슬쩍 안을 들여다보았다. 여기저기 보이는 집기류가 누가 봐도 식당의 것이었다. 어떤 가게가 들어올까? 드디어 점심시간의 번뇌로부터 해탈하는 것인가. 백반도 좋고 국밥도 좋고 돈가스라면 내 월급을 다 바칠 생각도 있다. 갑자기 가슴이 뛰기 시작했다.

알면 보인다

오래 해도 알 수 없는 일이 있다. 내겐 육필 원고를 타이핑하는 일이 그렇다. 보고 입력하는 게 뭐 어려울까 싶겠지만 생각만큼 쉬운 일은 아니다. 특히 스님의 원고에는 한자가 많은데, 정자(正字)로 반듯하게 쓰인 글자만 있는 게 아니라 헷갈릴 때가 많다. 이런 경우 자칫 잘못 입력하면 전혀 다른 의미의 문장이 만들어질 수도 있으니 특히 조심해야 한다.

"이거, 무슨 글자예요?"

육필 원고를 처음 타이핑했던 날, 팀장에게 수십 번 했던 질문이다. 그땐 한 문장 앞으로 나가기가 힘들었다. 머리를 싸매고 한참을 들여다봐도 알 수 없었던 그 글자를, 팀장은 아주 쉽게 읽어냈다. "우와! 팀장님은 어쩜 모르는 게 없어요!" 열띤 나의 반응에 팀장은 내심 우쭐해 했다. 첫 장부터 마지막 장까지 도움 없이 혼자서 원고 작업을 끝냈던 때, 그게 뭐라고 스스로가 대견했다. 서투른 시간을 지나 내 눈에도 글자가 익어가는 순간은 왔다.

그래도 여전히 내가 읽을 수 없는 글자는 있었다. 지금처럼 말이다. 타이핑하던 손을 멈추고 몇 번을 따라 써보고, 닮은 한자를 찾아봐도 도무지 무슨 글자인지 알 수가 없었다. 하는 수 없이 김 대리 언니에게 도움을 청했다. 언니는 손가락으로 허공을 한참 가르더니 끝내 고개를 절레 저었다. 다음으로 팀장에게 갔다. 팀장은 '아직 멀었군, 멀었어.' 하는 눈빛으로 나를 한번 보고 원고를 봤다. 그리고는 말했다. "어, 그러니깐 이게… 도대체 뭐냐?"

테이블 가운데에 원고를 두고 둘러앉은 세 여자는 본격적으로 한자 찾기에 돌입했다. 각자의 손에는 한자 사전 페이지를 띄운 핸드폰이 꼭 쥐어져 있었다. 그냥 가서 여쭤보면 쉽게 끝나겠지만, 그렇게 간단한 문제가 아니다. 15년, 9년, 5년, 합이 29년 경력이 걸린 자존심의 문제였다.

"이거 연꽃 용(蓉) 아니에요?"

"앞에 삼수변이 없잖아."

"그럼 이거 아니에요? 녹을 용(溶). 삼수변도 있고 비슷하네."

"오, 그런가 보다. 근데 위가 좀 애매해 보이지 않아?"

"그런 거 같기도 하고…."

"그리고 앞에 큰 대(大)자 붙는데 뜻이 안 맞잖아."

"그럼 대체 애 뭐래요?"

"……."

월리를 찾아라 1000피스 직소 퍼즐 맞출 때의 피곤

함이 몰려왔다. 결국 팀장은 스님을 뵈러 갔다. 잠시 뒤, 드디어 밝혀진 한자의 정체는 바로 塔(탑). 앞에 붙은 한자가 삼수변이 아니었다니. 황당함도 잠시, 듣고 보니 그 글자는 아주 선명하고 단호하리만큼 塔이었다. 간사해진 눈과 뇌가 蓉이니 溶이니 했던 것들을 이미 까맣게 지워버렸다. 알면 보이지 않던 것이 보이고, 보이면 알았던 예전을 잊게 된다.

달마가
우리 집으로 온 까닭은

매주 목요일마다 직원회의를 한다. 회의는 법당에서 절의 일정과 각 부서의 업무 상황을 보고하는 것으로 시작해, 주지 스님의 법문과 참선으로 끝이 난다.

피로가 쌓일 대로 쌓인 목요일 오후 5시. 불 꺼진 법당에 가부좌하고 명상에 들어가 그동안 쌓인 화들을 천천히 가라앉힌다. 나는 누구인가. 나는 어디에서 왔는가. 끊임없는 질문들을 통해 나를 찾는다. 그리고 이내 천천히 주변의 소리로부터 단절이 되고. 잠시 후, 몸이 옆으로 크게 휘청하면서 눈이 번뜩 뜨인다. 아, 또 잠들고 말았구나. 회의는 잠에 반쯤 취해 여기 있는 나를 또 어디선가 찾다가 퇴근 시간 직전 끝이 난다.

오늘은 참선 대신 작은 이벤트가 열렸다. 가위바위보의 승자는 주지 스님께서 준비한 경품을 받는다는 말에, 직원들은 이 시간에 절대 볼 수 없었던 반짝이는 눈빛으로 머리 위로 손을 올렸다. 물욕 가득한 승부는 한 치 앞도 예견할 수 없었다.

"가위바위보!" 스님의 목소리에 이어 희비가 엇갈린 환호가 법당을 가득 채웠다. 이런 게임에서 나는 대체로 두 번을 넘기지 못한다. 그런데 이번엔 어쩐 일로 두 번은 넘겼다. 한 번 더 가위바위보. 어라, 또 살아남았네. 어라, 또?! 설마설마하다 최종 4인에 들고 말았다. 이제 마지막 순위결정전만 앞둔 상황. 설마 이번에도 이길까? 기대할 수 있는 운은 여기까지라는 생각으로 마음을 내려놓았다. 그리고 가위바위보 소리에 손을 뻗은 순간, 믿을 수 없는 일이 벌어졌다. 내가 1등이라니. 5년 절밥 먹은 가피를 여기서 받게 된 것인가!

　스님께서는 오만 원, 만 원, 오천 원이 든 봉투와 달마도를 법당 앞쪽에 깔아 놓으셨다. 복불복이라 약간 실망했지만, 그게 어딘가. 제일 먼저 선택할 기회를 얻었는데. 만 원이라도 좋다! 나는 두 번 생각할 것도 없이 봉투를 향해 손을 뻗었다.

　"송 보살은 출판사에서 불경도 많이 읽었으니 돈보다 더 가치 있는 게 뭔지 알 거야."

　그때 내 모습은 무릎을 반쯤 구부리고 누가 봐도 명확하게 봉투로 팔을 뻗고 있었다. 그 자세 그대로 굳어 스님을 향해 고개를 돌렸다. 네? 스님. 왜 갑자기 그런 말씀을 하시는 건데요. 전 아무것도 모르거든요. 아냐, 송 보살은 분명 알아. 내가 이렇게 말하는데도 봉투를 잡아 물욕을 채워야겠는가. 스님의 눈빛은 분명 그랬다. 어쩔 수 없이 봉투로 뻗었던 팔을 그대로 옆으로 옮겨 생각에도 없던 달마도를 잡았다. 스님께서는 나를 흐뭇하게 바라보시며 "송 보살, 1등을 한 보람이 있어. 그치?"라고 말씀하셨다. 그 순간 직원들의 박수가 쏟아졌다. 박수라니, 박수를 왜 치냐고!

그렇게 달마가 우리 집으로 왔다. 나는 거실 적당한 곳에 달마도를 걸었다. 바라만 봐도 미소가 절로 지어지는 얼굴은 아니었지만 좋은 기운만큼은 제대로 가져다줄 것 같은 강렬함이 있었다. 그렇게 운 좋은 하루로 마무리되는가 싶었는데… 한밤중, 물을 마시러 나왔다가 어둠 속 시선에 나는 숨도 못 쉴 만큼 놀라고 말았다. 손발까지 덜덜 떨렸다. '관세음보살'을 외며 겨우겨우 마음을 진정시키고 고개를 들어 보았다. 달마대사였다. 이거, 좋은 기운 받기 전에 운명할지도 모를 일이었다.

발우공양

김 대리 언니가 발우를 들고 사무실에서 나가기 직전 내게 말했다. "쏭, 올 때 김밥!"

한 달에 한 번 점심시간이면 직원, 신도들은 스님들과 함께 발우공양을 하는데 이번에는 김 대리 언니의 순서였다. 직원에게 발우공양이란, 어제 갓 들어온 신입사원이 회장님이 들어오는 고위급 임원 조찬회의에 참석하는 부담감과 맞먹는다. 그 부담감을 조금이라도 줄이기 위해 내 경우엔 눈치껏 스님들과 가장 먼 곳에 자리를 잡는다.

발우공양 할 때의 모습을 간단하게 설명하자면, 법당에 죽비를 든 스님을 중심으로 스님, 신도, 직원들이 양쪽으로 길게 앉는다. 참여자 모두가 자리에 앉으면 스님께서 죽비를 세 번 쳐서 발우를 펴라고 알린다. 발우는 총 4개다. 제일 큰 밥그릇은 왼쪽 무릎 앞, 두 번째로 큰 국그릇은 오른쪽 무릎 앞, 세 번째 청수(물)그릇은 밥그릇 앞, 가장 작은 찬그릇은 국그릇 바로 앞에 펼친다. 그 뒤 밥, 국, 청수, 찬이 차례로 돌아 내 앞에 오면 적당한 양을 덜어 각각의 그릇에 담는다. 또다시 죽비 소리가 나면 그때부터 식사가 시작된다. 음식을 먹을 때는 허리를 꼿꼿이 세운 뒤, 발우를 얼굴 가까이 들어 씹는 소리가 나지 않도록 조용히 먹어야 한다.

개인적인 생각으로, 발우공양에서 가장 중요한 건 음식의 양을 잘 조절해 담는 것이다. 욕심을 내서 너무 많이 담아 버리면 법당 안 모두를 기다리게 할 수도 있다. 처음 발우공양을 들어갔던 날의 나처럼 말이다.

난생처음 발우공양을 앞두고 미리 시뮬레이션해 본 덕분에 나는 앞선 과정을 실수 없이 매끄럽게 행했다. 먹는 동안의 분위기는 이따금 발우와 수저가 부딪히는 소리, 발우와 바닥이 부딪히는 소리만이 미세하게 들릴 뿐 고요했다. 그렇게 수 분이 흘렀다. 밥을 절반 정도 비워냈을 때쯤이니 그리 오랜 시간은 아니었다. 어느 순간 정적이 흘렀고, 나는 이 많은 사람이 함께 밥을 먹는데 이렇게까지 소리가 안 날 수 있나 그저 신기할 뿐이었다.

그런데 소리가 나지 않았던 것은 먹고 있는 사람이 없었기 때문이었다. 뭘 이렇게 빨리들 드셔. 그렇게 생각했는데, 아니었다. 빨리 먹은 게 아니라 적게 먹은 것이었다. 밥과 찬을 담을 때는 먹을 수 있는 만큼이 아니라, 먹는 양의 반만 담아야 한다는 걸 나만 몰랐다.

좀처럼 줄어들지 않는 밥 때문에 빨리 먹어야 한다는 부담감은 더욱 커졌다. 다급함에 숟가락으로 음식을 입 안에 모조리 쑤셔 넣었다. 어찌나 많았던지 눈물이 핑 돌았다. 빵빵해진 볼이 저리도록 씹고 또 씹었다. 그 순간, 옆에 앉은 보살님이 말없이 내 무릎을 살짝 만지셨다. 고개를 돌려 보자 보살님은 따뜻한 눈을 천천히 깜빡, 고개를 끄덕하셨다. 주변을 둘러보니 공양을 마친 모두가 나를 말 없이 기다리고 계셨다. 보채고 있는 건 나 자신이었다.

　　그날 이후 발우공양을 할 때면 적당하다고 생각했던 것도 나에게 넘칠 수도 있다는 걸 되새겨 가며 밥과 찬을 아주 조금만 담았다. 그리고 출판사로 돌아와 부족한 배를 채우기 위해 다시 점심을 먹었다. 그래서 팀장과 함께 점심을 먹고 돌아오는 길, 잊지 않고 김밥을 샀다. 김밥을 받으며 김 대리 언니는 제일 먼저 점심으로 뭐 먹고 왔냐고 물었다. 나는 대답했다. "회사 앞에 새로 생긴 식당에서 먹고 왔어요. 콩나물국밥." 내가 그토록 기대했던 그곳에는 콩나물국밥 가게가 들어왔다. 결국엔 콩나물이었다.

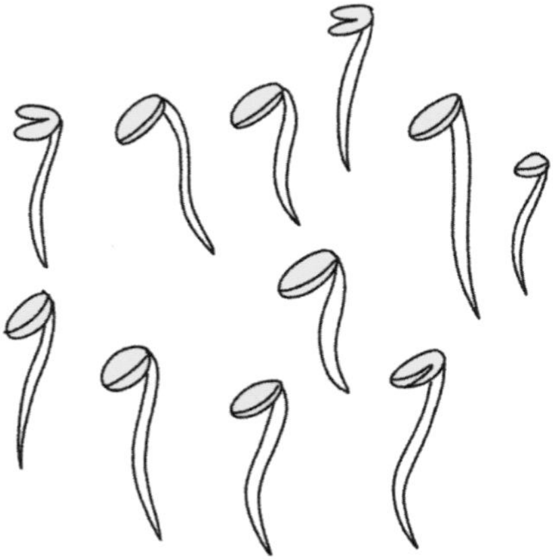

그냥 외롭고 말래요

삶에서 떼어낼 수 없는 것 중 하나가 외로움이라 생각한다. 아무리 발버둥을 치고 밀어내 봐도 외로움은 악착같이 발가락 끝에 매달려 따라온다. 발끝에서 시작된 외로움이 나를 차지하기 전에, 무엇이든 좋으니 텅 빈 마음을 채우려는 행동은 본능과도 같다.

그래서일까. 출판사 앞으로는 끊임없이 택배가 도착한다. 홈쇼핑 4회차 전회 매진된 화장품, 이미 차고 넘치지만 예뻐서 산 핸드폰 케이스, 직구로만 살 수 있는 커피 드립 포트와 초콜릿, 한정판 피규어, 접시, 와플 메이커, 옷, 신발 등등. 팀장, 김 대리 언니, 나는 누가 더 외로움과 지독한 싸움을 하고 있는지 경쟁하듯 쇼핑을 했다. 택배는 깊숙이 숨은 출판사로 바로 오지 않고 항상 종무소에 맡겨진다. 하루에도 몇 번씩 전화로 "송 보살, 택배 찾아가라."라고 말하는 종무소 보살님의 목소리는 언제나 나를 미소 짓게 했다.

오늘도 부푼 마음으로 종무소로 달려가 차곡히 쌓인 상자들 사이에서 내 이름을 찾았다. 김 대리 언니 택배도 있었다. 팀장의 택배도 있나 싶어 찾아봤지만 없어 그대로 돌아서려는데, "이것도 가져가라." 하며 보살님이 나를 불러세웠다. 내 앞으로 온 택배 두 개였다. 둘 다 처음 보는 쇼핑몰이었다. 난 분명 주문한 적이 없는데 이건 뭐지? 보살님은 내게 상자를 건넨 뒤 말했다. "송 보살은 뭘 이렇게 많이 시켜? 월급이라도 올랐나 봐."

"누구세요? 제 이름으로 주문하신 분."

묵직한 상자를 품에 안고 사무실에 도착했다. 김 대리 언니의 택배를 전달하고 나니 팀장이 배시시 웃으며 다가왔다. "아니~ 며칠 전에 보살님들이 뭘 이렇게 많이 사냐고 하는데 민망해서 말이지. 송 이름 좀 썼어." 그렇게 말하고는 내 앞으로 온, 하지만 내 것이 아닌 택배 상자 두 개를 가져갔다. "아아, 그랬군요. 그래서 제가 그 민망한 일을 지금 겪고 왔네요."

우리 셋은 자연스럽게 테이블로 모여 각자의 택배를 뜯기 시작했다. 노련한 손끝에서 뽁뽁이를 뚫은 물건들이 모습을 보이기 시작했다. 매번 느끼지만, 택배를 확인하는 일만큼 더 큰 기쁨이 또 있을까. 민망함? 그게 므시라꼬. 오늘의 택배는 이랬다.

팀장의 좀처럼 쓸 일은 없겠지만 책상에 올려두면 일의 능률을 올려줄 것만 같은 세련된 사무용품, 핸드메이드라 조금 비싸지만 지구를 생각하면 꼭 사야 하는 도자기 빨대 세트와 텀블러. 김 대리 언니의 맛은 없어도 깜찍한 외

모로 소장 욕구를 불러일으킨 한정판 빈티지 미니어처 음료수. 그리고 나의 지친 업무로 푸석해진 얼굴에 생기를 더해 줄 레드 코랄 립스틱.

팀장은 이름을 쓴 게 마음에 걸렸던지 "이건 쏭 해."라며 내게 도자기 빨대 하나를 내밀었다. 이름 좀 쓸 수도 있죠, 뭐. 우린 서로의 택배에 애정 어린 관심을 보내주었다. 그러다 문득 의문 하나가 들었다. "근데 두 분은 이거 정말 다 필요해서 주문하신 거 맞죠?" 내 질문에 "필요해서 주문하는 게 아니라 있으면 다 필요할 때가 생기는 거야."라던가 "그럼 그럼. 그리고 나한테 오는 모든 건 다 이유가 있다니깐." 하며 팀장과 김 대리 언니는 확신에 찬 논리를 펼쳤다.

"이게 다 외로워서 그런 겁니다. 이런 물건에 끄달리지 말고 보살님들, 출가하세요."

어느샌가 출판사로 들어오신 스님께서 테이블에 펼쳐진 물건들을 보며 말씀하셨다. 스님의 출가 권유가 이번이 처음은 아니다. 처음에는 농담이구나 했는데, 이렇게까지 반복이 되는 걸 보면 영업이 분명하다. 스님, 깨달음을 얻으면 정말로 외로움도 공(空)한 것이 될까요. 그렇게 물으려는 찰나 문득 잊고 있던 사실 하나가 떠올랐다.

"아, 맞다. 스님 앞으로도 택배 와 있던데요."

택배는 깨달음과는 별개의 영역이었다.

택배의 기쁨은 외로움을 썰물같이 밀어낸다. 하지만 그것도 잠시, 외로움은 다시 만조(晚潮)가 되어 일상을 덮친다. 그래서 그 찰나의 외로움도 만들지 않겠다는 의지로 또다시 우리는 열심히 쇼핑 창을 클릭한다. 외로움이 없다면 택배도 없겠지. 그러니 그냥 이대로 계속 외롭고 싶다.

떠나 봐야 아는 것

출근 지하철 안, 한 연인이 커플 패딩을 입고 내 앞에 서 있다. '커플 옷'이라면 나는 자연스럽게 몇 년 전 삿포로 여행을 떠올린다.

그때, 나는 속으로 몇 번이나 "Oh my God!"을 외쳤다. 이건 아무리 부처님이라도 이해를 해야 했다. 비행기가 막 안전 고도에 접어들었다는 기내 방송이 흘러나왔다. 하지만 나의 불안과 불편함은 좀처럼 사그라들 줄 몰랐다. 친한 친구와 함께 떠나도 싸워서 돌아오는 게 여행이건만, 회사 사람들과 그것도 직장 상사와 함께라니. 그랬다. 1박 2일 삿포로 여행의 메이트는 바로 팀장과 김 대리 언니였다. 시작은 "우리 기분 전환할 겸, 주말에 가볍게 근처 드라이브나 할까?"였다. 그 말은 곧바로 "당일은 아쉬우니까 1박 2일로 여행을 가자."로 바뀌었고, 대화가 진행될수록 근처는 제주도로, 끝내는 "이왕 비행기 탈 거면 밖으로 나가자!"까지 가버렸다. 뭐 이제 와 시작이, 이유가 어떻든 간에 중요하진 않았다. 일은 이미 일어나 버리고 말았으니.

단순히 직장 상사와 함께하는 여행 때문에 남의 신까지 부르는 건 아니었다. 여행을 며칠 앞둔 어느 날, 사무실로 똑같은 점퍼 3개가 도착했다. 처음 함께 떠나는 해외여행을 더 특별하게 만들 여행 단체복이란다. 거기다 점퍼에 붙일 2, 3, 4 모양의 숫자 와펜도 함께(왜 2부터 4였냐면 1이 예쁘지 않았기 때문이었다). 내겐 흐름을 거스를 용기도 없었다. 결국 단체 여행객에게서만 볼 법한 단체복을 입고 입국심사대를 지나고, 리무진을 타고 삿포로 시내에 도착했다. 가는 내내 사람들의 진한 시선이 느껴졌다. 여기 아니면 어디라도, 아니 이 옷 아니면 어떤 옷이라도 괜찮아, 라는 생각이 끊이지 않는 시선처럼 내게 꽂혔다.

그런데 여행이란 건 참 이상하다. 조금 전까지 둘도 없이 친했던 사이를 갈라놓기도 하지만, 마치 이방인처럼 어색했던 사이를 끈끈하게 하기도 한다. 나는 후자에 해당했다. '이런 모습으로 여행이라니…'에서 '어라, 재미있잖아!'라고 생각의 전환이 일어날 수 있었던 건 다름 아닌 점퍼 덕분이었다.

삿포로에 도착하자마자 우리는 오타루로 향했다. 그곳에서 나는 팀장과 김 대리 언니와 떨어져 길을 잃고 말았다. 전화로 주변의 지형지물을 명확하게 들었지만, 어느 방향으로 걸음을 떼어야 할지 확신이 없던 내 발은 낯선 땅을 더듬거릴 뿐이었다. 그 모습이 누가 봐도 길을 잃은 사람처럼 보였나 보다. 한 외국인 여행객이 내 어깨를 톡톡 두드리고는 "혹시 너 길 잃었냐? 너랑 같은 옷 입은 애들 저쪽에서 봤다."라고 하는 것이다. 어찌나 반갑고 고마웠던지 나는 "아! 땡큐우우~~!!"하며 그의 손을 잡고 위아래로 격하게 흔들었다. 그때부터 "저하고 같은 옷 입은 사람들 혹시 보셨어요?"라는 질문 하나로 나는 마침내 두 사람을 찾아냈다. 다시 만난 우리는 같은 점퍼를 입은 서로의 모습을 보며 한참이나 웃었다.

이후로도 흡사 세쌍둥이 같았던 우리의 모습은 여전히 사람들의 시선을 끌었다. 하지만 3보 1배를 하듯 인증사진을 찍고, 상점에 들어가 쇼핑을 하느라 그들의 시선 같은 건 아랑곳하지 않았다. 오히려 옷 덕분에 뻣뻣하게 긴장했던 나를 내려놓고 간만의 여행에 나사 하나쯤 풀수 있었다.

생각지도 못했던 여행이라도, 불안감이 내내 발목을 붙잡는 여행이라도, 어떤 기억으로 남을지는 떠나 봐야 안다. "내 이럴 줄 알았지."하고 절망할 수도 있다. 그런데 그 불안감이 생각지 못했던 순간에 나를 위기에서 꺼내고 여행을 즐겁게 해줄 훌륭한 메이트가 되어 줄지 누가 알겠는가. 그 순간만큼은 "Thanks God!"을 외칠지도.

더 납작
엎드릴게요

출근해 제일 처음 하는 일은 직원 예불(禮佛)이다. 예불은 쉽게 말해 부처님께 절을 하는 의식인데, 일반 회사로 치면 조례쯤이 되겠다. '지심귀명례(至心歸命禮)'로 시작해 '성불도(成佛道)'로 끝을 맺는 예불은, 복잡해 보여도 목탁 소리에 맞춰 엎드리고 일어나는 게 전부다. 문제는 한번 엎드리면 일어나고 싶지 않은 유혹을 뿌리치기 힘들다는 점에 있다.

겨우 손등만큼. 겨우 그 정도 두께의 좌복(座服) 위에 앉으면 딱딱한 법당 바닥이 고스란히 느껴진다. 그런데 희한하게도 출근 직후의 아침만큼은 좌복 위가 그렇게 폭신할 수 없다. 절을 하려 엎드린 찰나의 순간에도 잠이 들수도 있다는 사실은 매번 놀랍다. 출근과 동시에 방전되는 나를 충전하는 시간. 가능하다면 이대로 더 오래 더 납작 엎드리고 싶은 마음뿐이다. 애석하게도 그 바람은 다른 곳에서 이뤄지지만.

업무 시간 중 절반은 전화기 너머 고객 또는 거래처를 상대한다. 그들과 나 사이에 문제가 생기는 경우 누가 더 많은 상황을 기억하느냐에 따라서 잘잘못이 가려진다.

"아니, 내가 언제 그랬어. 아가씨가 잘못 들은 거겠지. 나는 그런 말을 할 사람이 아니라고."

하지만 기억이 아무런 도움을 주지 못할 때가 있다. '내가 뭐라고 말했는지는 모르겠고, 화난 마음은 보상받아야겠으니 이대로 물러서진 않을 거야.'라는 각오를 다짐한 상대에게 "고객님이 그러셨잖아요." 같은 말은 상황을 더욱 악화시킬 뿐이다. 기나긴 랠리를 버텨야 한다. 지쳐 먼저 떨어져 나가는 쪽이 잘못을 한 쪽이 된다. 분명 그들도 안다. 잘못은 내가 아니라 본인들이 했다는 것을. 그렇지만 뒤로 물러서기에 너무 늦었다는 것 역시 알기에 되려 더 큰 소리로 공격을 한다.

"제가 착각했습니다." 결국 이 한마디 말이면 모든 상황은 끝이 난다. 자존심은 상하지만 마음은 오히려 편해진다. 회사를 그만둘 각오가 아니라면 맞서 싸워 뭐하겠는가. 흰 수건을 던진다. 원하시는 만큼 나를 누르셔도 괜찮습니다. 그래요, 아마 다 내 잘못일 겁니다. 제가 더 납작 엎드릴게요. 그러니깐 이제 좀 끝내요.

너덜너덜해진 나는 사무실 옆 법당으로 향한다. 오후의 법당은 텅 비어 아무도 없다. 한편에 좌복을 깔고 웅크려 엎드린다. 좌복은 여전히 딱딱하고 차가운 바닥으로부터 내 연약한 살을 지켜주지는 못해도, 바닥으로 떨어진 나를 유일하게 받쳐주는 존재다. 겨우 손등 두께만큼이지

만 나는 그만큼 다시 올라선다. 그러니깐 납작 엎드린다고
해서 스스로가 전혀 가엾지 않다. 어쨌든 끝을 내는 건 내
쪽이니깐.

하얀 점처럼
고요하게

예불을 드리는 법당에는 낮은 단(壇)이 여러 개 있다. 단 위에는 돌아가신 분들의 영정 사진이 위패와 함께 올라가 있는데, 이것은 49일 주기로 바뀐다. 영정 속 얼굴은 나이가 지긋하신 어르신이 대부분이었지만, 가끔은 내 또래 혹은 더 어린 경우도 있었다. 더 아픈 죽음, 덜 아픈 죽음이 어디 있겠느냐마는 아직 피어보지도 못한 어린아이의 죽음이 유독 더 안타깝게 느껴지는 건 사실이다.

그래서 여자를 볼 때마다 마음이 아렸다. 여자는 근래 몇 주, 아침마다 법당에 앉아 있었다. 소리도 온기도 없는 하얀 점처럼 고요하게. 여자가 꿈쩍도 하지 않고 마주한 영정 속 아이는 이제 겨우 6~7살 정도로밖에 보이지 않았다. 깨끗한 태권도복을 입은 아이는 금방이라도 사진 밖으로 달려 나올 듯 맑은 얼굴로 웃고 있었다. 그토록 아름다운 아이를 여자는 사진으로만 보고, 매만지고, 껴안으며 가슴에 맺힌 말들을 흐느끼듯 뱉었다. 아이는 엄마에게 어떤 대답도 해줄 수가 없다. 대신 사진 옆으로 놓인 새하얀 국화 꽃잎이 다독이듯 여자의 어깨 위로 흐드러지게 떨어졌다.

어떤 이유로 아이는 이리도 빨리 간 것일까. 예불을 드리는 동안에도 시선이 여자에게로 향했다. 호기심이 아닌 애도의 마음에서 비롯한 의문은 차마 목 위로 올라오지 못한다. 몇 번이나, 여자의 낡은 어깨를 안아주고 싶었다. 곁눈질로 몰래 시선을 주는 것 외에 나는 결국 아무것도 못 할 것을 알면서도.

어느 때보다 느린 49일이었다. 그 많은 아침이 새로 시작될 동안 단 한 번도 여자의 얼굴을 볼 수 없었다. 둥글게 굽은 얇은 어깨, 깨끗하지만 초라한 카디건, 검게 젖은 손수건. 내가 본 전부였다. 여자가 모습을 감춘 날, 단 위에는 아이의 영정이 아닌 나이가 지긋한 할아버지와 할머니의 사진이 나란히 놓여 있었다.

그로부터 며칠이 흘렀을까. 예불을 마치고 출판사로 돌아가던 중, 익숙한 손수건이 쥐어진 손을 보았다. 고작 손수건이 다였지만, 여자라는 사실은 틀림없었다. 여자는 부유하는 먼지처럼 내 곁을 지났다. 무슨 말이라도 건네야 하는 건 아닐까. 뒤늦게 고개를 돌렸을 땐, 여자는 엘리베이터 안에 머리를 숙인 채 서 있었다. 문이 닫히며 천천히 사라진 여자의 얼굴을, 끝내 볼 수 없었다.

49일마다 사진은 계속해서 바뀌었다. 나는 사진 속 얼굴에 점점 무뎌져 갔다. 가끔 '사진 속의 얼굴이 나라면' 같은 생각도 했지만. 나는 변함 없는 일상을 살았다.

2부

절이지만 회사입니다

월급은
오르지 않았지만,
몸무게는 올라갔으니

'팅-' 하는 소리와 함께 법당 바닥에 무언가가 떨어졌다. 앞에 서 있는 직원의 발뒤꿈치로 또르르 굴러간 은색의 동글동글하고 뭔가를 고정하는 용도로 생긴 그것은, 청바지 단추였다.

합장해야 하는 손으로 바지를 추켜올리느라 나는 어정쩡한 자세로 일어났다. 타앙- 탁탁탁탁탁탁탁- 다시 엎드리는 순간 팔을 쭈욱 뻗어 단추를 손에 넣은 뒤 다른 사람들이 일어나기 전에 잽싸게 법당을 나섰다.

다행히도 사무실에 갈아입을 법복 바지가 있었다. 오랜만이었다. 한때 법복에 빠져 출근과 동시에 법복으로 갈아입었던 적도 있었는데, 얼마 가지 않아 그만두었다. 법복에 익숙해지면 다른 옷은 못 입는다. 편한 이유도 있지만, 익숙해진 순간 다른 옷을 입지 못할 정도로 살이 찌기 때문이다. 배와 다리를 단단하게 내리누르는 청바지와 달리, 법복은 나의 한계를 한없이 품어준다. 그리고 어느 순간 한계의 영역은 무한대가 된다. 그래서 법복을 멀리했건만…. 허리 고무줄 아래로 볼록 솟은 배가 낯설기만 하다. 뱃살의 압박을 견디지 못한 단추가 터져버린 지경이라니. 직장 생활은 정글 라이프라고 했던가. 이 약육강식의 세계에서 채식동물인 나는 대체 무엇을 먹었길래 이렇게 살이 찐 건가.

가장 많이 먹은 건 단연 욕이었다. 욕을 폭식한 날엔 다른 것도 폭식했다. 명치를 꽉 막은 욕을 내려보내기엔 음식만큼 좋은 소화제가 없었다. 매운 떡볶이, 닭발, 치킨, 라면, 족발 등 야식계에서 내로라하는 것들을 입안 가득 밀어 넣고 나면 한결 나아졌다. 그 결과 매년 월급은 오르지 않았지만, 몸무게는 착실하게 올라갔다. 나는 조금씩 줄어드는 자존감 대신 육신의 부피를 키움으로써, 이 세상에 나란 존재가 차지하는 영역을 지켜냈다. 이건 단순한 살이 아니다. 직장 생활의 고단함의 결과물인 것이다. 단추는 스트레스를 견디지 못한 나를 대신해 터져버린 건지도 모른다. 더는 붙들어 맬 자신이 없으니 내가 이곳을 떠나겠노라고. 절이 싫으면 중이 떠난다는 말이 지금 순간 나만큼 어울리는 사람이 또 있을까.

　점심을 이용해 수선집을 찾았다. 나는 바지와 단추를 수줍게 사장님께 건네주었다. "단추가 터져서요. 수선 좀 해주세요. 그리고요…." 나는 절을 떠나는 것 대신, 바지 허리를 조금 늘리는 것으로 타협했다. 당분간 점심엔 공양간으로 가야겠다.

아파도
출근은 해야 한다

다시 허리가 아프기 시작했다. 요즘 의자에서 엉덩이 뗄 시간도 없었다 했더니 디스크가 재발한 모양이다. 앉아 있는 것도 힘든 지경에 이르러 병원에 좀 다녀오겠노라 말했다. 알겠다고 말하는 팀장은 나보다 더 걱정스러운 얼굴을 하고 있었다.

입사하고 2년 차에 허리디스크 판정을 받았다. 정확히는 추간판탈출증. 평생 한 곳에만 있어야 한다는 사실이 답답하고 무서워 탈출을 감행한 걸까. CT 사진으로 조우한 척추뼈 4번과 5번 디스크는 제자리를 박차고 나와 있었다. 상담 결과 수술을 할 만큼 심각하진 않았지만, 계속 일을 하는 것도 무리였다. 회사를 쉽게 그만둘 때 아프다는 핑계만큼 좋은 것은 없는데, 이 기회에 몇 달 쉬며 하고 싶었던 일이나 해볼까. 그런데 팀장이 먼저 단축 근무를 제안했다. 몇 개월 단축 근무를 한 뒤에도 필요하다면 언제든 치료를 위해 반차를 쓰게 해주었다. 그 배려가 고마워 회사를 그만두겠다는 말이 차마 올라오지 않았다.

문제는 줄어든 내 업무 시간만큼 누군가는 더 많은 일을 해야 했는데, S는 그게 자신이어야 한다는 점에 불만이 많았다. S는 나보다 1년 먼저 입사한 동갑내기 선배였다. 나는 그에게 피해를 주지 않기 위해 1시간 일찍 출근해 점심도 거르며 일했다. S 역시 어떻게든 내 일을 떠맡지 않겠다는 의지로 내게 화장실 갈 시간도 주지 않고 일을 시켰다. 하지만 그것만으로는 성에 차지 않았던 것 같다.

본인은 교정 원고를 봐야 하기에, 걸려오는 전화는 모조리 내게 받게 했다. 2시가 가까워져 울리던 전화는 정말 몰랐던 건지, 모른 척한 건지. 나는 오래도록 전화에 붙들려야 했다. 재활 시간에 늦지 않으려면 2시에 퇴근해야 한다는 것을 알면서도 번번이. "나 대신 우체국 좀. 나 대신 은행 좀. 너 가고 나면 좀 많이 바빠야지."라고도 말했다. 울컥 화가 치밀었지만 사실이라 대꾸할 수 없었다. 그런데 정작 S의 일을 대신한 사람은 김 대리 언니였다. 나의 불편함을 눈치챈 김 대리 언니는 "나 갈 일 있으니깐 나줘."라며 일을 자처했다. 함께 사무실을 나가는 길에는 종종 어젯밤 TV에서 봤다며 디스크에 좋은 운동이며, 용하다는 한의원을 알려주기도 했다.

단축 근무를 시작한 지 3개월 뒤, 나는 정상 근무를 하게 될 만큼 좋아졌다. 그런데 이번엔 S가 아팠다. 갑자기 늘어난 업무로 인한 과로와 허리, 목디스크. 제대로 걸을 수도 없다는 이유이기도 했지만, 자신의 단축 근무로 다른 사람에게 피해를 주고 싶지 않으니 퇴사하겠노라 말했다.

그가 떠나고 이틀 뒤, 업무차 물어볼 것이 있어 전화를 걸었다. 오랜 신호음 끝에 받은 전화기 너머로 생소한 소음이 들렸다. 병원이라도 갔나 보다 생각하던 찰나, 먼 곳에서 싱가포르행 마지막 탑승 안내 방송이 메아리처럼 내 귀에 들어왔다. 그렇게 내 4번 5번 디스크는 그를 탈출시켰다.

　　다시 허리가 아파지자 은근한 기대가 되었다. 이번에는 나도 이 회사를 탈출할 수 있을까. 하지만 곧바로 마음을 접었다. 아픈 핑계로 몇 달은 쉬어서 좋겠지만 그다음이 문제다. 대출금 때문에 돈은 벌어야 하고 그러기 위해선 다시 취직해야 하는데, 서른넷이라는 나이는 이직이 쉬운 나이가 아니다. 한 달이 될 수도, 일 년이 될 수도, 그 이상이 될 수도 있다. 그러니 아파도 출근은 해야 한다. 회사라는 내 인생의 척추에 들어앉아 묵묵히 내 몫의 일을 해야 한다. 그래도 아파서 좋은 점이 하나 생겼다. 내가 병원에서 돌아오자마자 팀장이 인원 충원을 결정했다. 꾸역꾸역 버티다 보니 드디어 내게도 막내가 생긴다.

긴 환승 구간을 지나고 있다

곧 막내가 생긴다는 사실은 나를 웃게 했다. 신입사원 모집 공고를 내고 이력서를 받고 면접을 진행하느라 몇 주가 흘렀다. 그동안 나는 막내가 사용할 컴퓨터를 점검했다. 막내의 자리는 S가 퇴사하기 전까지 내가 앉았던 자리로 오래 비워둔 탓에 먼지도 쌓이고, 의자도 삐걱거렸다. 감격할 일도 아닌데 다시 이 자리에 앉으니 불현듯 절에 오기까지의 지난날이 떠올랐다.

열여덟 살, 나는 처음으로 직장인이 되었다. 은행권 취업률이 높아 유명했던 우리 학교로 금융권 취업 의뢰가 단 한 건도 들어오지 않은 해가 있었다. 당시 나는 고3 취업준비생이었다. 시대의 불운은 나를 공장 경리라는 생각지도 못한 자리에 앉혀 놓았다.

인생의 첫 면접을 보러 갔던 날, 공단 안에서 길을 잃고 말았다. 처음 온 낯선 곳, 커다란 건물들, 시끄러운 기계 소리, 메케한 냄새. 그 황폐하고 날카로운 이미지들에 겁을 먹었다. 거대한 미로 속에 갇힌 공포를 등에 업은 채 한참 만에 회사를 찾았고, 면접을 봤다. 그러니 면접에 대한 기억이 남았을 리가. 기억나는 거라곤 돌아오는 버스 뒷좌석에서 내내 서럽게 운 것뿐이다. 버스 안 빽빽이 들어차 창밖을 향하던 사람들의 한가한 시선이 내게 쏟아졌다.

그렇다 하더라도 어쩔 수가 없었다. 난 교복을 입은 여고생이었고, 누추해진 마음을 달랠 방법은 우는 것뿐이었다. 내 청춘이, 내 스무 살이 어디론가 팔려 가는 기분이었다.

그랬건만… 직장 생활은 의외로 즐거웠다. 선배 언니들은 모두 좋은 사람이었다. 어린 나를 아꼈고, 서툰 나를 기다려 주었다. 그들 중 조금 더 특별했던 J 언니와는 회사를 나온 뒤에도 몇 년간은 꾸준히 연락하며 지냈다. 자신의 고향 집에 초대해 따뜻한 밥을 차려주었고, 비 오는 삼천포 밤을 걸으며 서로에게 유일한 위로가 되어주었다. 날이 따뜻한 점심시간에는 방글라데시에서 온 또래의 외국인 노동자들과 공장 마당에서 배드민턴을 쳤다. 월급날이면 100명에 가까운 직원들의 월급을 일일이 세어 봉투에 담아야 했는데, 언니들은 물론, 대리님, 과장님, 차장님까지 나를 도왔다. 이곳이 내 평생직장이어도 괜찮겠다는 생각이 들었다. 하지만 회사는 경영난에 경매로 넘어가고 말았다. 입사한 지 3년 6개월 만이었다.

대학을 간 건 24살 때였다. 글을 쓰고 싶었고, 그러니까 대학을 가야겠노라 마음먹었다. 그때 나는 두 번째 직장인 신협에 다니고 있었다. 그렇게 바라던 금융권이었는데, 생각보다 대단한 건 없었다. 불편한 인간관계, 반복적인 업무, 온갖 유형의 고객. 나는 생각보다 빨리 일에 지쳤다. 그러니 갑자기 들끓은 전업 작가를 향한 나의 열망을 누가 막을 수 있었을까. 주변의 만류에도 회사를 그만두고 내 인생의 터닝포인트를 기꺼이 즐겼다. 첫 강의에 출석하며, '다시 직장인이 되는 일은 없을 거야'라고 다짐했을 만큼 나는 참 세상 물정을 몰랐다.

대학 4년은 너무나 빨리 지나갔다. 졸업할 당시 나는 전업 작가는커녕 등단도 못 한 상황이었다. 거기다 학비를 내고 대학 생활을 즐기느라 모아둔 돈을 탈탈 털어 쓰다 못해 학자금 대출까지 끌어안고 있었다. 취업이 급했다.

다시 취직한 회사는 출판사였다. 일주일에 한 번, 주요 신문사 이름으로 발행되는 한자 만화신문을 제작하는 일을 했다. 만화 대사 중 스무 개쯤 되는 단어를 3~9급 한자로 바꾸고, 심화 학습란을 만들었다. 또 짧은 분량의 연재만화 스토리를 쓰는 일도 했다. 생각보다 빨리 업무에 적응했고, 재미도 있었다. 시간이 흘러, 수습 기간이 끝나고 정직원을 하루 앞둔 날이었다. 사장이 나를 따로 불러 말했다. 이제부터 실적 기준으로 월급을 책정하겠다고. 영업사원도 아닌 교정 교열 담당자가 기준 할 실적이 뭐가 있을까. 나는 사장이 건네준 서류를 보고 뜨악했다. 오타 하나에 10만 원 차감.

다음 회사에서는 영상제작팀 구성작가로 일했다. 일은 둘째 치고 뭔가 묘한 곳이었다. 도대체 여긴 어떻게 수익을 올리는 걸까, 하는 의문을 갖게 한 회사였다. 왜냐면, 전 직원이 제대로 된 일을 하는 걸 본 적이 없었기 때문이다. 나 역시 1년을 일하고도 A4 10장 분량 정도의 글을 쓴 게 다였다. 그런데도 월급은 제때제때 잘 나왔다. 적게 일하고 적당히 벌고, 거기다 습작할 시간까지 많으니 어떻게 보면 꿈같은 직장이었다.

정확히 1년 만에 회사에서 나온 이유는 소문 때문이었다. 같은 부서 주임이 고백을 한 것이다. 사람이 사람을 좋아하는 게 뭐가 문제일까 싶지만, 심각한 문제였다. 그는 슬하에 2녀를 둔 유부남이었다. 정중히 거절하고 딱 잘라 선을 그었다. 그 후, 내가 한 적도 없는 말과 행동이 작정한 듯 소문으로 퍼졌고, 다른 부서의 회식 자리에서 제일 좋은 안줏거리가 되었다. 스물아홉이나 되고도 대처 방법을 몰랐다. 나를 도와주는 사람도 아무도 없었다. 내가 선택할 수 있었던 최선은 조용히 사직서를 쓰는 일이었다.

그 뒤 무료 급식소와 골프 회원권 판매소를 빠르게 거쳐 이곳으로 왔다. 매일매일 출근과 퇴근을 반복한 지 5

년째. 생각해 보면 열여덟 겨울에 올라탔던 버스에서 나를 울렸던 누추함은 어디에서나 느꼈던 것 같다. 다만, 지금은 그 마음을 달랠 방법이 우는 것 말고도 더 많이 있다는 걸 안다. 그래서 이번에는 꽤 긴 환승 구간을 지나고 있다. 다음 주면 막내가 출근한다.

나도 막내가 생겼다

막내는 26살이다. 덕분에 출판사 평균 나이가 30대 극 후반에서 초반으로 내려왔다. 짧은 머리 탓인지 막내는 제 나이보다 훨씬 어려 보였다. 아이 같은 미소를 짓다가도 대화할 땐 진중한 표정을 지었다. 수시로 찾아오는 묵언 수행과 다름없는 업무 분위기에도 잘 적응할 것 같았다. … 그럴 거다. 아마도. 잘 적응해 주겠지? 제발! 어쨌든 나도 막내가 생겼다. 숨 쉴 틈 없던 일상이 구원받는 기분이란 이런 것일까.

첫 출근의 부담감에 막내는 얼어 있었다. "긴장하지 마. 처음부터 잘하는 사람은 없어." 막내의 긴장을 풀어주기 위한 그 말은, 나를 다독이는 독백이기도 했다. 누군가에게 일을 가르친다는 건 그동안 나의 업무 능력을 평가받는 느낌에 더 가깝다. 조리 있고 명쾌한 설명은 기본이고, 예상치 못하게 발생하는 오류에 덤덤하게 대처해야 한다. 믿고 따를 수 있는 사수로 인상을 남기기 위해 나는 잔뜩 힘이 들어가 있었다.

인내의 시간도 요구된다. 마우스 포인트가 모니터 속에서 길을 잃고 헤매더라도, 저 스스로 올바른 길을 찾아갈 때까지 지켜봐야만 하는 시간은 내 속을 바짝바짝 태웠다. 그냥 내가 해버리고 말까. 아니다. 어떻게든 해보려 애를 쓰는 막내에게 차마 그래선 안 될 일이다.

"여기 얼마나 다니셨어요?"

택배 업무를 알려주기 위해 절 건물 외부에 있는 도서 창고로 가는 길에 막내가 물었다. "5년 됐어. 김 대리님은 9년, 팀장님은 15년." 나는 거기에서 그치지 않고 다른 부서 누구는 몇 년을 했고, 누구는 몇 년을 했다, 일반 회사와는 분위기가 조금 다르긴 한데 절이 함께 있어서 얼마나 마음이 편한지 모른다, 여기 있는 사람들 다 좋은 사람들이다, 하는 둥 뭔가를 숨기는 사람처럼 긴장된 수다를 떨었다. 혼자만 떠들고 있다는 사실을 한참 뒤에 깨닫고 나서야 말을 멈췄다. 요란하게 치장한 뒤의 허무가 밀려왔다. 나는 초조했던 걸까. 내가 편해지기 위해, 내가 벗어나기위해 나를 대신할 누군가를 이곳에 빨리 적응시켜야겠다는 마음이었던 걸까. 그렇다면 무진 애를 쓰고 있는 건 내쪽인지도 모르겠다.

퇴근 후 막내와 지하철역으로 향했다. "제가 실수를 너무 많이 했죠?" 막내의 물음에 "첫날인데 잘했어. 시간 지나면 더 잘할 거야."라고 대답해줬다. 진심이었다. 그럭저럭 괜찮았고, 점점 더 좋아지고, 곧 노련해질 것이다. 그러기 위해선. "내일도 꼭 출근해야 돼." 내 말에 막내는

'이 여자 뭐지?' 하는 눈빛으로 나를 보았다. 때마침 반대
방향으로 열차가 들어왔다. 막내는 "내일 뵙겠습니다."라
고 인사한 뒤 서둘러 몸을 실어 떠났다. 내일 뵙겠습니다.
그 말에 안도감을 느꼈다. 그제야 긴장이 풀리고 온몸이
축 늘어졌다.

이런
센스

책을 사러 가기 위해 사무실을 나왔다. 서점과의 거리는 멀지 않아 금방 돌아올 테지만, 그게 어딘가. 업무 시간에 회사를 벗어난다는데. 그런데 외근을 나갈 때면 항상 하나의 고민이 동반된다. 돌아갈 때 뭘 사가야 센스 있어 보일까?

외근은 주로 팀장의 영역인데 그때마다 팀장은 새로운 먹거리들을 거침없이 사 왔다. SNS에서 유행하는 음료, 새로 생긴 맛집의 음식, 지금 시간과 딱 어울리는 디저트 등. 세상에는 참 다양하고 신기한 음식들이 많다는 것을 알려줬다. 반면, 나는 이런 쪽으로 센스가 없다. 외근이 잡히면 Give에 Take 할 기회라는 건 알지만, 모두가 납득할 만한 것을 고르지는 못한다. 그래서 외근을 나가기 전날 퇴근 후에는 디저트 가게 검색으로 밤을 지새우기도 한다. 오늘은 검색창 한 번 열어 볼 시간도 없이 갑자기 나오다 보니, 고민이 회사에서부터 지하철 안까지 따라 들어왔다.

내려야 할 역은 금세 가까워졌다. 하차 역 안내 방송을 들으며 열차 문 앞으로 다가서는데 내 뒤로 선 승객들의 모습이 문에 비쳐 보였다. 그때 알았다. 열차 안은 나만 빼고 다 봄이란 걸. 얇고 하늘거리는 치마와 화려한 꽃 블라우스 사이 혼자만 검고 두꺼운 내 스웨터는 소외감이 부끄러워 하얀 보풀을 꽃 피웠다. 이른 아침부터 늦은 저녁까지, 회사에만 있다 보니 계절이 지나는 것도 모를 때가 많다. 어느 날 문득, "어, 이제 덥네.", "어, 해가 언제 이렇게 길어졌지?" 혹은 "6시도 안 됐는데 벌써 밖이 캄캄해?" 이런 말을 할 때쯤엔 어느새 계절은 저만큼 달아나 있었다. 계절이 바뀐 것도 모르고 생각 없이 어제처럼 입고 나온 나는 초라했다. 잡티 가득한 푸석한 얼굴에 핏기없이 메마른 입술도. 초라함을 지우기 위해 덧바를 립스틱을 찾았다. 역시, 사놓으면 이렇게 쓸 일이 생긴다. 얼굴에 빨강이 피어나자 자신감이 생겼다. 마침 열차 문이 열렸고, 나는 서둘러 서점으로 향했다.

간식거리를 고를 시간을 벌기 위해 서점 안에서 최대한 짧은 동선으로 효율적으로 움직였다. 들어갈 때와 마찬가지로 빠르게 서점을 나온 뒤, 걸음만큼 빠른 시선으로 가게를 스캔했다. 팀장과 김 대리 언니의 취향을 떠올려 본다. 예쁘고, 특이하고, 먹기 전에 사진을 찍어야 할 것 같고, 인싸가 된 듯한 느낌을 주는 뭐 그런 것들. 하지만 그게 뭔지 잘 몰라 나는 한참을 망설였다.

얼마나 지났을까, 쇼윈도에 비친 내 모습은 가관이었다. 푸석했던 얼굴은 땀과 개기름으로 번질번질했고, 바람에 뒤엉킨 머리는 봉두난발이었다. 거기다 뻘겋게 번진 입술까지. 먹이를 찾아 헤매는 킬리만자로의 표범도 이렇게 필사적이었을까. 이건 무엇을 위한 몸부림이란 말인가. 센스는 포기하기로 하고. 시간과 발품을 충분히 팔고 난 뒤 내가 선택한 건 커피였다. 돌아왔을 때 시간은 마침 4시, 출판사의 커피 타임이었다.

"다녀왔습니다. 커피 아직 안 드셨죠? 그럴 줄 알고 커피 사 왔어요."

지금 이 순간 커피보다 더 완벽한 것은 없음을 각인시키며 아인슈페너 2잔은 팀장과 김 대리 언니에게, 카페모카는 막내에게 주었다. 마지막 남은 아이스 아메리카노는 내가 마셨다. 나는 아이스를 잘 마시지 않는다. 어쩌다 마실 때도 있지만 말 그대로 어쩌다. 온갖 곳을 돌아다니다 타 들어가는 목을 축일 잠깐의 순간 같은. 그러니 몇 모금 만에 입이 가질 않은 건 당연했다. 다른 사람들의 취향은 맞췄는데 정작 내 취향은 못 맞췄다. 이런 센스.

결국엔
사라질 것들

추가 주문이 들어온 도서의 택배 송장을 뽑아 창고로 향했다. 1층 입구에 도착해 슬리퍼를 벗고 운동화로 갈아신으려는데, 막내가 절 마당에서 우왕좌왕하고 있었다. "여기서 뭐 해?" 내 물음에 막내는 당혹감을 감추지 못한 얼굴로 슬리퍼가 사라졌다고 했다.

절 건물 내에서는 신발을 신고 다닐 수가 없어 신도들의 경우 양말만 신은 채 다닌다. 대신 곳곳에 공용 슬리퍼가 비치되어 있다. 문제는 간혹 직원들의 개인 슬리퍼도 공용 슬리퍼로 착각한다는 점이다. 입사해 슬리퍼 한 번 안 잃어버린 직원은 없을 것이다. 나도 지금껏 네댓 개의 슬리퍼를 잃어버렸다. 그중 이번엔 기필코 잃어버리지 않겠다는 의지로 이름을 적은 슬리퍼만 되찾을 수 있었다. 슬리퍼는 사라지고 몇 달 뒤, 다시는 신고 싶지 않을 만큼 낡은 모습으로 회사 인근에서 발견되었다. 그러니 잃어버린 슬리퍼는 포기하라 말하고 싶었다. 하지만 근심 가득한 막내의 얼굴을 보며 나는 전혀 다른 말을 하고 말았다. "신고 들어갔으면 다시 신고 나오겠지. 너 택배 포장할 동안 내가 여기서 기다려볼게."

나는 세상에서 가장 유명한 쥐가 달린 붉은 슬리퍼를 신고 있다. 누가 봐도 주인이 있을 법한 슬리퍼다. 오래 근무한 직원일수록 슬리퍼의 취향은 확고하다. 만발한 꽃이 수놓아진 슬리퍼, 빛이 번쩍이는 큐빅이 박힌 슬리퍼, 커다란 리본 슬리퍼, 곰돌이 얼굴 슬리퍼. 슬리퍼는 아이덴티티다. 직원과 신도를 구분하고 직원 개개인을 특정한다. 법당 앞, 화장실 앞의 슬리퍼만 봐도 그곳에 누가 있는지 알 정도다. 그런 슬리퍼는 잃어버리는 일도 없다. 때문에 삼선에서 시작해 꽃, 큐빅, 리본 등으로 끝을 맺는 슬리퍼는 입사 뒤 가장 많은 변화를 보이는 부분이다.

반면, 막내가 잃어버린 슬리퍼는 고유의 정체성이 없었다. 삼선보다는 상황이 좋았지만, 노란색 등에 흰 글자가 적힌 슬리퍼는 생각하기에 따라 공용으로 오해하기 쉬웠다. 절 입구에 서서 나오는 사람들의 발을 본다 해서 찾을 수 있는 것도 아니었다. 그럼에도 불구하고 막내의 슬리퍼를 찾아주고 싶었다. 어쩌면 좋은 사수의 이미지를 심어주고 싶은 마음 때문인지도 모르겠다.

절 입구에 버티고 서 있길 이십여 분, 김 대리 언니로부터 호출이 왔다. 어쩔 수 없지만 여기까지. 그렇게 생각하고 건물 안으로 들어갔는데, 저 멀리 느리고 주춤대는 발 사이로 막내의 노란 슬리퍼가 보였다. 슬리퍼는 이내 엘리베이터에 올라탔고, 엘리베이터는 곧바로 문을 닫았다. 나는 서둘러 계단을 올랐다. 열심히 뛰었지만 내려오는 인파에 밀려 매번 엘리베이터를 놓치고 말았다.

몇 층을 올랐는지 더는 한 발도 움직일 수 없었다. 난간을 붙잡고 허리를 반쯤 접어 숨을 몰아쉬는 그때, 막내의 슬리퍼가 내 눈앞으로 유유히 지나갔다. 마지막 힘을 짜내어 쫓았다. 마침내 슬리퍼를 신은 보살님을 붙잡고 자초지종을 말했다. 보살님은 화들짝 놀라며 슬리퍼를 벗었다. 몇 번이나 미안하다고 말하는 바람에 오히려 내가 더 미안했다. 사무실로 돌아와 슬리퍼를 건네자 막내는 무척이나 고마워한 뒤, 야무지게 이름을 썼다. 하지만 슬리퍼는 며칠 뒤 또다시 사라지고 말았다.

사라질 것은 결국엔 사라지고 만다. 머무름과 떠남은 내 뜻대로 할 수 있는 영역이 아니다. 누구에게나 일어나는 일이고, 어쩔 수 없는 흐름의 하나다. 그러니 무언가가 나의 곁을 떠나 사라졌다면 쓰라린 마음이 덤덤해질 때까지 그저 두고 볼 수밖에 없는 일이다.

막내는 슬리퍼를 완전히 잃어버리고 난 다음 날, 무지갯빛 홀로그램 반짝이 슬리퍼를 신고 나타났다. 절에서 본 가장 요란한 슬리퍼였다.

아무도 몰랐으면
좋겠어

방금 입고된 신간을 펼치자마자 '아!' 하고 탄식이 나왔다. 완벽이란 절대 다다를 수 없는 영역이란 말인가. 몇 번을 보고 지워냈는데도 오타는 또 튀어나와 가슴을 철렁였다.

한 장만 덜 넘겼더라도 발견 못 했을 텐데. 내가 왜 하필 이 페이지를 펼쳤을까. 차라리 외면하고 싶었다. 물론 이 순간을 외면하고픈 이는 나 혼자가 아니었다. 편집을 맡은 김 대리 언니가 내게 다가와 "사진 위로 올라간 거 보여? 펼쳤는데 딱, 이게 보이냐."라며 책을 들이밀었다. 오타는 무작위로 펼친 페이지에서 주로 발견되는 경우가 많은데, 희한하게도 그게 책에서 유일한 실수일 때가 많았다. 출판업 경력에서 얻게 된 능력 혹은, 필요 이상의 촉 중 하나다. "어디요? 에이~ 이 정도는 뭐. 전 여기 오타 나왔어요."라고 내가 말하자, 언니는 보답하듯 내게 말했다. "잘 모르겠는데. 원래 그런 문장 아니야?"

우린 소심하고 뒤끝 길게 자신의 실수를 한참이나 들여다봤다. 괜찮다, 서로를 다독여도 찜찜함은 실수처럼 사라지지 않았다. 특히 책은 한번 인쇄되고 나면 영원히 실수가 남게 된다. 실수는 하나지만 책이 천 권이면 천 개의 실수가 되고, 만 권이면 만 개의 실수가 되고 만다. 아는 맞춤법도 다시 확인하고, 인쇄를 넘기기 전까지 한 번이라도 더

보기 위해 두꺼운 원고를 집으로 가져가 잠들 때까지 읽었다. 노하우는 집중력뿐이라 생각하는 나는 그렇게 공을 들여서 교정을 봤다. 눈에 익은 글자들의 희롱을 이겨내며. 그럼에도 불구하고 오타는 나왔다. 노력은 결과에 배신당했고, 결과는 노력이 하찮다 한다.

책 판매가 시작되면 마음은 더 심란해진다. 아무도 내 실수를 몰랐으면 좋겠지만, 원래 실수란 남의 눈에 더 잘 보이는 법이다. 예상대로 오타 제보 전화는 피할 수 없었다. 게다가 내가 발견하지 못한 오타였다.

"죄송합니다. 제가 교정 담당자인데 미처 발견하지 못했습니다. 잘 적어 뒀다가 재판할 때 꼭 수정할 수 있도록 하겠습니다. 혹, 불편하시면 책은 교환해 드리겠습니다. 감사합니다."

감사하다는 말은 진심이다. 전화가 아니었으면 내 실수는 재판에 재판을 거듭할 때까지 이어졌을 테니깐. 거기까지면 좋았을걸. 고마운 제보는 맞춤법 강의로 이어졌다. 전화를 끊을 생각은 없는 듯했다. 퇴근 시간이 가까워질수록 초조해지기 시작했다. 오타 하나가 오래도록 나를 붙잡는다.

이를 악물고

절 앞마당에 달린 오색 연등이 바람에 서로 몸을 부대낀다. 흔들리는 연등 사이로 들어온 미세한 빛이 콧등을 스친다. 지금 이 순간이 마치 꿈결 같다. 아니, 꿈이었으면 좋겠다.

"어서 오십시오."

새벽 4시에 퇴근했는데 아침 7시에 다시 출근했다. 출근할 때도, 퇴근할 때도 나를 본 사람이 아무도 없었기에 누구도 내가 언제 출퇴근하는지 모른다. 아무도 몰라주는 수고를 하느라 흐름이 끊어진 내 일상은 비현실적으로 느껴졌다. 그런 나를 현실로 데리고 온 건 출퇴근 지문 인식기 속 얼굴 모를 여인의 목소리였다. 그래, 그녀는 내 노동의 가치를 알아주고 있었어. 현실과 비현실의 환승 구간에 그녀가 있다는 사실에 울컥했다.

부처님 오신 날이 가까워지면 매년 이 생활을 반복한다. 출판사에서는 부처님 오신 날을 맞아 등(燈)을 다는 사람에게 선물로 줄 책과 행사 관련 홍보 인쇄물을 제작한다. 2~3달 전부터 시작한 작업은 행사 보름 전쯤에야 끝이 난다. 그동안 바쁜 것은 사실이지만 내내 야근하는 것은 아니다. 마지막 일주일에서 보름 정도만 밤새워 일하면 된다. 그리고 오늘이 마지막 날이다. 부족한 잠에 휘청이는 몸을 버티려 이를 악물었다.

서른을 넘어서고부터 밤을 새워 일하는 게 쉽지 않다. 그러나 회사라는 곳은 쉽지 않은 일을 언제나 쉽고 당당하게 요구한다. 어쩌겠는가. 소속하고 있는 이상 요구대로 하는 수밖에. 부처님께서는 중생을 구제하시고자 이 땅에 오셨다는데, 구제를 받기는커녕 야근과 과로에 시달리는 나는 전생에 어떤 인간이었던 건가.

이 시기 사무실 분위기는 여느 때보다 더 적막하고 예민하다. 서로의 신경을 긁지 않는 게 중요하니 일 외에 어떤 말도 나누지 않는다. 문제가 생기면 바로바로 보고해야 하는 게 원칙이지만, 그 전에 상대의 기분을 살피는 건 필수다. 눈치 없이 행동했다가는 묵언 수행의 현장이 느닷없이 아비지옥으로 바뀔 수도 있다.

살얼음판 같은 날 속에서 막내는 나름 잘 적응하고 있다. 하지만 하루에 한 번은 꼭 같은 실수를 반복했다. 때문인지 막내는 하루하루 조금씩 쪼그라들었다. 나는 막내의 상태를 알면서도 모른 척했다. 오늘도 사찰에서 전화로 다짜고짜 화를 냈다. 막내가 보낸 홍보물이 또 문제였다. 간신히 잡고 있던 이성의 끈도 놓아버리고 싶은 지경에 이르렀다. 일할 때 기분이 태도를 만들지 않도록 조심하지만, 결국 내 태도를 정하는 건 상대방이었다.

또 이를 악물었다. 딱딱하게 경직된 턱이 통증을 느낀 후에야 이를 악물고 있음을 알았다. 턱을 문지르고 볼에 바람을 넣고 빼기를 반복해도 자꾸만 턱에 힘이 들어갔다. 하는 수 없이 마우스피스를 꺼냈다. 긴장하면 이를 악무는 버릇 때문에 마우스피스를 낀다. 요 며칠 상태를 대변하듯 마우스피스에는 깊게 팬 잇자국이 선명하다. 깜빡하고 하지 않고 잔 날에는 이가 깨어지기도 했다. 또 그렇게 되기 전에 마우스피스를 끼웠다. 거울에 비친 나는 흡사 링에 오르는 권투 선수 같았다. 벌어진 입술 사이로 침이 주룩- 흘렀다.

다음 생에는
꽃같이

드디어 그분이 오신다. 오늘은 몇 달을 준비해 맞이하는 부처님 오신 날이다.

어렸을 적 엄마는 부처님 오신 날엔 무슨 일이 있더라도 절에 가셨다. 가난한 살림에 적은 돈도 허투루 쓸 수 없었지만, 이날만큼은 얼마가 되었든 등을 달고 식구 수대로 초를 켜셨다. 오후 늦게서야 집으로 돌아온 엄마의 손에는 항상 하얀 떡이 들려 있었다. 떡은 내내 엄마를 기다리다 지친 우리 남매의 허기를 달래주었다.

어느 해엔가 엄마는 떡 대신 생쌀을 한 봉지나 들고 오셨다. 당시 우리 가족은 내 이갈이 때문에 잠 못 이루는 밤을 보내고 있었다. 참다못한 작은언니가 내 이마를 부풀어 오르도록 때렸건만, 나는 한층 기세를 더 해 이를 갈았단다. 그러니 부처님께 올렸던 생쌀을 씹으면 이갈이가 낫는다는 얘기는 엄마를 혹하게 하기 충분했다. 이런다고 나을까. 그런데 쌀 한 봉지를 모조리 씹어 먹고 난 뒤, 신기하게도 이갈이가 사라졌다. 대신 지금은 이를 악물고는 있지만. 하여튼, 말끔하게 멋을 부렸던 엄마의 모습을 기억하노라면 부처님 오신 날은 소풍과도 같다.

7시가 조금 넘어 도착한 사무실에는 팀장과 김 대리 언니가 먼저 와 있었다. 우린 언제 예민했냐는 듯 편한 얼굴로 서로 인사를 나눴다.

"두 분, 꽃 올리셨어요?"

"우린 오자마자 했지. 쏭도 사람들 오기 전에 빨리 가서 해."

김 대리 언니의 대답을 들으며 미리 준비한 천 원짜리 몇 장을 챙겼다. 곧바로 사무실을 나서려는데 마침 막내가 출근해, 잠시 기다렸다 막내와 함께 법당으로 갔다. 법당 앞에서 우린 한 송이에 천 원하는 장미꽃을 샀다. 나는 비슷비슷하게 생긴 꽃 중에서 조금이라도 더 싱싱하고 예쁜 꽃을 고르기 위해 신중했다. 그런데 막내는 아무거나 휙, 그것도 젤 시들한 것으로 골라잡았다.

"꽃 공양 올리면 다음 생에 예쁘게 태어난다잖아. 이 쁜 걸로 사."

나는 괜찮다는 막내에게 굳이 다른 꽃을 사게 했다. 그렇다. 부처님께 꽃을 많이 올리면 다음 생에 예쁘게 태어난다는 말을 들은 뒤부터 이날만큼은 꼭 꽃 공양을 한다. 부처님께 공양했던 쌀을 씹고 난 뒤 이를 갈지 않게 된 것처럼 혹시 모를 일이니깐. 고르고 고른 장미꽃을 들고 법당 안으로 들어갔다. 법당은 아직 조용했다. 불상 앞에 마련된 단에는 이미 많은 꽃이 꽂혀 있었다. 그 사이에 내 마

음을 실은 꽃도 꽂았다. 그런 다음 바로 옆 연꽃 위에 올라
선 아기 부처님의 머리 위로 물을 부어 목욕시키는 관불의
식을 했다. 그리고 법당 한가운데 자리를 잡고 부처님께 삼
배를 올렸다. 삼배의 마지막, 두 손을 이마 앞에 가지런히
모으고 소원을 빌었다.

　　제가 아는 모든 사람이 아무 탈 없이 잘 살아갈 수 있
게 해주세요. 그리고 보셨다시피 젤 이쁜 꽃으로 올렸어요.
그니깐 다음 생에는 꼭 제가 올린 꽃같이 태어나게 해주세
요. 김태희까진 바라지도 않아요. 그냥 보편적으로 이쁘다
는 소리 들은 정도로요. 무슨 말인지 아시죠?

　　기도를 마친 뒤, 우리 가족 이름이 쪼르르 적힌 가족
등과 엄마의 영가 등이 잘 달린 것을 확인하고 법당을 나
왔다. 잠시 뒤면 텅 비었던 법당이 가득 차고 장엄해질 것
이다.

　　"이로써 예쁜 얼굴에 한 걸음 더 다가갔네요."

　　출판사로 돌아와 내가 말했다.

　　"일 년에 한 송이로 되겠어? 매년 화원 하나씩은 갖
다 바쳐야지."

　　"팀장님 비슷한 처지에 너무 서운한데요"

　　"그래서 난 다음 생 말고 몇 생 뒤로 부탁드렸어."

역시, 15년 절밥 먹은 클래스는 여기서도 다르다.

지금 사러 갑니다

출판사의 휴가는 부처님 오신 날 이후부터 시작된다. 5월에서 6월은 팀장과 김 대리 언니가, 7월에서 8월은 나와 막내가 휴가를 보내기로 했다. 그리고 지금 난, 제주도에서 휴가를 보내고 있다.

휴가지를 제주도로 정하고 난 다음, 여행 준비에 모든 시간을 쏟아부었다. 정확한 계획이 있어야 마음을 놓는 성격도 한몫했지만, 오랜만의 여행이라 욕심이 나기도 했다. 최대한 많은 것을 보고, 먹고, 느끼고 오겠노라 결심하며 이동 시간을 분 단위로 쪼개어 계획을 세웠다. 나는 꼭 제주도 외에 다른 건 아무 관심 없는 사람 같았다.

그런 나를 무색하게 한 이들이 있었으니. 휴가를 떠나기 하루 전날까지 팀장과 김 대리 언니의 관심은 오로지 나를 향했다. "쏭, 성산 일출봉은 갈 거지? 그럼 점심은 **에서 먹어."라던가 "아니야, **보단 ***이 낫지. *** 간 김에 커피는 ****에서 마셔." 같은 말을 하며 여긴 가야 한다, 저긴 가지 마라, 이건 꼭 먹어야 한다 등 나보다 더 열정적으로 내 휴가 계획을 세웠다.

그러나 대부분의 시간을 길에서, 가게 앞에서 보낸 탓에 그녀들의 조언을 따를 수 없었다. 심지어 완벽하고 치밀했던 내 계획대로 된 것도 거의 없었다. 가까스로 극

성수기는 피했지만 7월의 제주는 어디든 관광객으로 북적였다. SNS나 블로그에서 유명하다는 곳들은 대부분 대기를 해야 했고, 어떨 때는 문 안으로 들어갈 수조차 없었다. 기다린 끝에 먹은 음식들은 후끈하게 달아오른 땀 냄새 맛이 났다.

나흘째인 오늘에 돼서야 그런 기다림이 부질없다는 것을 깨닫고, 발이 이끄는 대로 걸었다. 지금은 작고 허름한 카페에서 커피를 마시는 중이다. 눈앞에 바다는 없지만 기다림도 없었다. 휴가 마지막 날이 되어서야 진짜 휴식을 보내는 중이다. 찾아보면 아직 갈 곳도, 할 것도 많겠지만, 이대로 아무것도 하지 않고 보낼 생각이다.

그렇게 마음을 먹고 무기력하게 앉아 있는데 팀장으로부터 메시지가 왔다.

"쏭 너 없는 사이 신입 뽑았다!"

며칠도 못 참을 만큼 내가 보고 싶은 건가. 잠깐, 그런데 뭐라고요? 메시지를 누르자 팀장, 김 대리 언니, 나로 이루어진 단톡방이 열렸고, 기다렸다는 듯이 사진이 연이어 올라왔다. 사진에는 얼굴과 손에 피를 흘리고 있는 좀비 인형이 내 책상에 앉아서 전화를 받고 있었다. 거기서 끝이 아니었다. 타이핑도 하고, 원고도 읽고, 커피도 타고 있었다.

"일을 얼마나 잘하는지 쏭 돌아오면 긴장해야겠다."

"쏭보다 훨씬 나은데 ㅎㅎㅎ"

콘셉트를 잡고 사진을 찍으면서 즐거워했을 모습이 메시지에서 그대로 읽혔다. 이 좀비 인형은 또 대체 언제 산 걸까. 의문은 잠시 접어두고. 지금 내 반응을 기다리고 있을 그녀들을 위해 메시지를 보냈다.

"저한테 제주의 정취가 물씬 풍기는 비싸고 예쁜 무언가가 마침 있는데, 이걸로 어떻게 안 될까요?"

내 대답에 기분이 좋아졌는지 팀장과 김 대리 언니는 내일까지 신나게 놀고 사무실에서 보자 등등의 말들로 나를 놓아주었다. 그제야 나는 선물을 사러 가야겠다는 생각이 들었다.

3부

직장인이라는 번뇌 속

독자 이벤트

신간 출판 기념으로 독자 이벤트를 열었다. 책을 읽고 감상을 보내주면 몇 편을 뽑아 월간지에 싣고 소정의 선물을 주기로 했다. 많은 양은 아니었지만 글은 하루하루 착실하게 메일함에 쌓였다.

남자는 원고 모집을 마무리하는 날 출판사를 찾았다. 사무실에는 나 혼자였다. "어떻게 오셨어요?" 내 물음에 남자는 무심하게 1호 봉투를 내밀더니 "그대로 책에 실으세요."라는 말만 남기고 사무실을 나갔다. 봉투 안에는 펜으로 갈겨 쓴 3장짜리 원고가 있었다. 크고 거친 글씨는 못 봐줄 만큼은 아니었지만, 글은 몇 번을 읽어도 눈에 들어오지 않았다. 책 내용과는 상관없는 본인의 감정만을 나열한 글이었다. 확신에 넘친 그 말 때문에 내심 기대를 했었는데 괜한 기대였다.

"어떤 분이 주고 가셨는데 그대로 책에 실으라네요." 팀장에게 남자의 원고를 넘길 때 말에 비아냥을 섞었다. 명령조의 말에 기분이 조금 나빴기에 감정을 그대로 전달할 필요가 있었다. 팀장은 원고를 진지하게 읽은 뒤, 말없이 내게 돌려주었다. 당연하게도 남자의 글은 월간지에 실리지 않았다.

그러던 어느 날, 출판사 사무실 앞에서 그와 마주쳤

다. 어쩐지 나를 반가워하는 듯했다. 글을 읽어봤냐는 말에 나는 어떤 말을 해야 할지 몰랐다. 왜냐하면 그는 분명히 내게 칭찬을 바라고 있었기 때문이다. "잘 읽어봤는데요, 근데 원고 주시기 전날 이미 월간지 인쇄가 들어가서요. 선생님 글은 실을 수가 없었어요." 내 말이 거짓이란 걸 안 걸까, 그는 금세 침울해진 얼굴로 자신의 글을 돌려달라고 했다.

서랍 깊숙한 곳에 들어가 있었던 원고는 자신의 몸 위로 쌓인 잡동사니들을 헤치고 모습을 드러냈다. 다시 자신에게로 돌아온 그것을 남자는 한참이나 들여다보았다. 손에 들린 봉투가 가장자리부터 천천히 구겨졌다. 나는 뭐라도 말해야 한다는 압박감에 "다음에 기회가 또 있으면 그때 다시 참여 부탁드릴게요."라고 해버렸다. 차라리 아무 말도 하지 말걸. 남자는 내 말이 다 끝나기도 전에 돌아섰다. 남자가 간 뒤에도 불편한 마음은 계속되었다. 잘근잘근 씹히듯 구겨진 봉투가 머릿속을 떠나질 않았다.

화가 난 것은 나 때문이었을까, 결과에 미치지 못한 자신의 글 때문이었을까. 오래전 누구도 만족시키지 못했던, 지금까지도 부끄러운 내 글들도 그 봉투 안에 있었다. 많은 거절 앞에서 돌아선 내 모습도 다르진 않았겠지. 부끄러움을 감추기 위해 애써 태연한 척, 무심한 척했던 순간들. 나 역시 모두 들키고 말았겠구나.

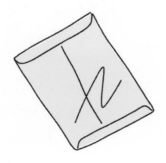

온종일 일하고도
아무것도 하지 않은 기분

플로리스트 학원에 다니기 시작한 김 대리 언니의 얼굴에 생기가 돌았다. 하루 중 겨우 2시간 꽃을 만질 뿐인데, 건조했던 그녀의 삶에 변화가 왔다. 이제 회사에서도 꽃과 함께 있다고 착각할 정도로 김 대리 언니에게선 향기가 나는 듯했다.

막내는 편집 디자인 학원에 다닌 지 몇 달이나 되었다. 처음엔 출판사의 간단한 편집 업무를 위해 시작했는데, 이제 본인의 능력으로 할 수 있는 것이 늘어나자 욕심도 많아졌다. 덕분에 내 몫의 일이 줄어들었다. 팀장은 그보다 더 오래전부터, 운동과 그림으로 퇴근 후의 삶을 즐기고 있다. 반면, 나는 아무것도 하지 않는 삶을 살고 있다. 나만. 뭐라도 해야 하지 않겠어? 그 생각에 일이 손에 잡히지 않았다. 그녀들의 퇴근 후 일상을 진작 알고 있었는데도, 오늘은 유독 흔들린다. 흔들리는 마음은 얄팍한 행동으로 나타난다. 딱히 관심이 있거나 내게 필요한 것도 아닌데 이런저런 학원 홈페이지를 찾고 백화점, 대형마트의 문화센터 강좌를 찾아봤다. 이런 것들을 배운다고 나도 김 대리 언니처럼 생기가 돌까.

퇴근 후의 삶에 집중하는 그들을 떠올려 본다. 무언가를 하고 있다는 사실은 저 자신에게 삶을 열심히 살고 있다는 자부심을 주겠지. 나는 언제 마지막으로 느껴봤을까. 나 이렇게 계속 아무것도 하지 않고 살아도 괜찮을까?

그런데 아무것도 하지 않았다고 하기엔 억울한 점이 많다. 원고 교정을 보고, 책 편집을 하고, 책 주문을 받고, 택배를 보내주고, 입고 된 책을 창고에 쌓고, 또 원고 교정을 하고. 문의 전화에는 상냥하게, 항의 전화에는 더 상냥하게. 동료들에게 맛있는 커피도 타 주고. 주어진 위치에서 주어진 일을 열심히 했다. 그런데도. 온종일 일을 하고도 아무것도 하지 않은 듯한 기분에 나는 불안하다.

어쩌면 작가가 되고 싶다는 꿈 때문일지도 모르겠다. 꿈을 위해 노력하지 않은 저녁 몇 시간이 나를 무기력한 인간으로 만들었다. 먹고살기 위해 발버둥 친 시간들에 미안할 만큼. 이런 생각이 처음은 아니다. 작년 이맘때도, 재작년 이맘때도 반복했던 것들이다. 연말이 가까워진 것이다. 이 시기만 되면 자책이 평소보다 더 심각해지고 조급해진다. 나이를 먹을수록 더하다.

퇴근 후 노트북 C드라이브 작업 중 폴더의 파일 하나를 열었다. 몇 년째 미완성인 글을 올해도 마주했다. 일 년 치의 나태를 갚기 위해. 여튼 내가 내린 결론은 이거다. 퇴근 후 무조건 책상 앞에 앉는다. 노트북을 켜고 한글 파일을 연다. 재작년, 작년에 했던 과정을 다시 시작하는 거다. 이번에는 딱 그만큼만 반복하면 완성이다. 나도 뭔가를 하고 있다는 것을 보여주자! (그런데 누구한테?)

하지만 내가 왜 몇 년째 글을 완성하지 못했는지 얼마 못 가 깨달았다. 내 체력은 그리 좋은 편이 아니었다. 다시 출근한 심정으로 몇 줄 쓰고 나니 눈에 피로가 몰려왔다. 자정도 되기 전에 잠에 취했고, 어느 순간 책상에 엎드리고 말았다. 잠에서 깨어났을 땐, 빈 화면은 페이지가 오십 장이나 넘어가 있었다. 또 아무것도 하지 않았다는 실망감이 몰려왔다. 내년에도 반복되는 건 아닐까. 그 생각과 동시에 아직 2시간은 더 잘 수 있다는 안도감을 느꼈다.

일로
만난 사이

부처님 오신 날 준비를 하며 쪼그라든 막내가 몇 달이 지나
도록 펴지지 않고 있다. 막내는 들키지 않으려 노력했지만
사실, 관계에서의 불편함은 느끼는 쪽보다 불편의 대상이
먼저 알아채는 법이다.

그게 언제 적 일인데 아직 저래. 아니야, 내가 과하게
예민하게 군 점도 있었어. 적당히 좀 할걸. 그럴 수도 있지,
이 한마디면 충분했을 텐데. ……저녁이라도 사준다고 할
까? 근데, 저녁 먹으면서 무슨 얘길 하지? 테이블을 사이에
두고 앉은 막내와 나를 상상해 보았다. 어색하기 짝이 없었
다. 따로 만나서 할 이야기가 있을 만큼 우린 가깝지 않았
다. 서로의 사생활에 큰 관심이 없는, 직장에서만 보고 싶
은 선후배 사이였다.

직장 동료란 건 참 아이러니한 관계다. 가족보다 더
오랜 시간 마주하며 많은 대화를 해도, 정작 내 속을 털어
놓기에는 불편하다. 유대감은 있으나 누군가에게 그에 대
해 말할 때는 '그냥' 회사 사람이라고 정의하게 된다. 공동
의 적 앞에서는 난공불락의 요새와 같은 견고함으로 뭉치
지만, '수고하셨습니다'라는 말과 함께 빠르게 흩어진다.
끈끈하지만 낯선 관계, 바로 일로 만난 사이다.

대립하고, 쓴소리하고, 이기적인 모습을 보이다 사이

가 틀어지는 건 개인의 문제 때문만은 아니다. 순전히 일로 만난 사이의 숙명 때문이다. 아무리 친한 사이라도 일은 함께하는 게 아니라는 말이 괜히 나오진 않았다. 막내와 나는 지금 그 숙명 위를 지나고 있다. 그래서 함께 저녁을 먹겠다는 생각은 접었다. 지금보다 더 어색한 사이가 되고픈 마음은 없으니.

만약, 우리가 회사가 아닌 다른 곳에서 만났다면 지금보다는 더 좋은 사이가 되었을까.

힘들면
그만해도 될 텐데

음력 12월 8일, 성도 재일이 돌아왔다. 성도 재일은 부처님께서 깨달음을 얻으신 날로 절에서는 매년 철야기도를 한다. 올해는 토요일이라는 이유로 직원들도 참여하게 되었다. 취지와 의도를 봤을 때, 직원 연수라고 생각하면 된다. 밤을 새워야 하는 부담이 있지만 1박 2일로 이뤄지는 다른 회사들에 비해 시간상으로 훨씬 긍정적이다.

문제는 프로그램 안에 1080배가 있다는 것. "누가 언제 이런 걸 또 해보겠어. 회사가 절이나 되니깐 이런 것도 해보지. 내 인생에 잊지 못할 큰 경험이 될 거야."라고 스스로를 다독이기엔 1080배의 부담은 매우 크다. 108배를 하고도 최소 3일은 근육통에 시달리는데 열 배나 더해야 한다니. 시작하기도 전에 허벅지가 저릿저릿했다.

밤 10시. 법회가 시작되는 소리에도 팀장, 김 대리 언니, 나, 막내는 눈치 게임을 하듯 의자에 버티고 앉아 있었다. 하는 수 없이 내가 이제 가야 하지 않겠냐고 말을 꺼냈다. 그제야 모두 어깨를 축 늘어뜨리며 일어났다.

한겨울 주말 밤인데도 법당 안은 신도들로 꽉 차 있었다. 법당에 도착했을 때 이미 기본적인 의식이 끝나고 1080배의 시작을 앞두고 있었다. 우리는 적당한 곳에 좌복을 깔고 스님의 목탁에 맞춰 절을 시작했다.

생각보다 참을 만하다고 생각했던 지점이 200배쯤이었다. 그런데 250배가 되기도 전에 그 생각은 완전히 달라졌다. 허벅지가 딱딱하게 굳더니 자세가 무너졌다. 무릎을 살짝만 구부렸을 뿐인데 몸은 빠르게 바닥과 가까워졌다. 너무 힘들어 실소가 났다. 직원 연수는 무슨.

'도저히 못 하겠어.'라는 생각이 드는 순간, 500배가 끝났음을 알리는 소리가 들려왔다. 여자 4명이 줄줄이 기어 사무실로 돌아왔다. 그대로 바닥에 대자로 뻗어 누운 채 아이고, 아이고 하며 세상 끝날 듯 앓는 소리를 내었다. 들어가기 전부터 겁을 먹었던 막내는 기절 상태였다. 지금이라도 집으로 도망가고 싶었지만, 그것조차 엄두가 나지 않았다.

잠시 뒤 절은 다시 시작되었다. 남은 580배를 끝내야 한다. 잠깐 쉬는 동안 단단하게 뭉친 다리가 마음대로 움직여지질 않았다. 다리가 힘을 잃고 쏟아지면 무릎이 쿵 하고 바닥에 닿았다. 그래도 두 팔로 단단히 버티고 중력의 힘을 이겨내며 다시 일어났다. 일어나고 엎어지길 반복하는 사이, 온몸이 땀으로 흥건하게 젖었다. 몇 번째인지는 애초에 잊어버렸다. 들리는 건 목탁 소리와 사람들의 숨소리뿐. 힘들면 그만해도 될 텐데 누구 하나 멈추지 않아 나도 멈출 수가 없었다.

1080번째. 내려간 몸은 쉽게 일으켜지지 않았다. 나는 엎드린 채로 한참을 있었다. 소원을 빌어야 하는데 내가 원하는 것이 무엇인지도 생각나질 않았다. 누군가를 위해 기도해야 할까. 나, 내 곁의 사람 혹은 내가 모르는 누군가. 어떤 얼굴도 떠오르지 않았다.

나를 포함한 대부분이 몸을 일으킬 때까지 내 옆의 막내는 작은 몸을 둥글게 말고 엎드려 있었다. 막내의 등이 미세하게 흔들렸다. 어깨에 손을 올려 토닥여 주고 싶었지만, 나의 무게까지 막내가 지어야 할 이유는 없으니 그만두었다. 가만히 앉아 있어도 땀이 비 오듯 쏟아졌다. 몸은 뜨거운데 머리는 차게 식었다. 몸이 피곤하니 머릿속의 생각이 사라졌다. 아무런 상념도 없이 하얗게 비워졌다. 눈을 감자 내가 있는 곳이 마치 허공 같았다.

그런데 이대로도 정말 괜찮겠어? 다리가 힘을 잃고 쏟아지면 무릎이 바닥에 닿는 것뿐이잖아. 다시 스며드는 상념의 첫 번째 질문이었다. 징이 쿵, 하고 울렸다. 날이 밝았다.

나도 누군가의 시련이다

소심하고 눈치를 많이 보는 성격 탓에 상대의 감정에 유독 신경을 쓰는 편이다. 일할 때는 특히나 더 하다. 조금이라도 기분이 안 좋아 보이면 '혹시 나 때문인가?' 하는 생각부터 시작해 온종일 내가 한 말과 행동까지 되돌아본다. 가끔은 그런 감정 소모가 피곤해 바쁜 일을 핑계 삼아 피하고 싶지만, 어느샌가 실없는 소리를 해 대며 기분을 풀어주려 애쓰고 있다.

최근에는 막내의 눈치를 보고 있다. 막내의 얼굴에서 너무나 익숙한 표정이 보였기 때문이다. 막내는 할 일도 잊고 멍하게 같은 페이지의 원고를 읽고 또 읽고 있었다. 평소라면 신경질적으로 "인쇄소엔 언제 연락할 건데?"라고 말하거나, 답답함을 이기지 못하고 직접 해버린 다음 기분 나쁨을 숨기지 않았을 것이다. 하지만 지금은 그렇게 하지 않기로 했다.

"종무소 발주 올라온 거 인쇄소에 연락 안 했지? 나 인쇄소에 전화할 거 있으니깐 하는 김에 얘기해 놓을게." 내 말에 그제야 놀란 막내는 다급하게 죄송하다고 말했다. 그렇다 하더라도 전과 같은 종종거림은 없었다. 나는 사람 좋은 미소로 괜찮다는 말을 대신하고 전화기를 들었다.

성도 재일 이후 막내는 어떤 결심에 다가선 것 같은

예감이 들었다. 그 결심이 무엇인지는 말하지 않아도 안다. 내가 먼저 아는 척한다면 분명 마음을 열고 속을 털어놓을 것이다. 그러나 모른 척하기로 한 내 결심은 생각할 시간을 더 주기 위한 배려가 아니다. 막내의 마음이 더는 여기 없었기에, 마음이 떠난 뒤 어떤 일이 일어날지 알기에 간사해진 것뿐이다.

며칠 후, 막내가 퇴근 후에 시간을 내어달라고 했다. 올 것이 왔구나. 먼저 대화를 청한다는 건 혹시나 떠난 마음을 붙잡아주길 바라는 건 아닐까. 하지만 이 또한 괜한 기대였다. 막내는 이미 오후에 팀장에게 사직서를 내버리고 말았단다.

"언니한테 먼저 말 안 해서 죄송해요."

막내가 말했다.

"죄송은. 신경 쓰지 마. 같이 더 일하면 좋았을 텐데. 아쉽다. 근데 왜 그만두는 거야?"

사실은 '나 때문이니?'라고 묻고 싶었다.

"아무리 해도 제 일처럼 느껴지지 않아서요. 그리고, 제가 실수할 때마다 언니가 너무 스트레스받는 것 같아 죄송해서요."

시련을 받는 쪽은 언제나 나라고 생각했다. 사람 때

문에 참고, 견디다 결국 피하고 떠나는 건 언제나 나였기에. 사회 초년생을 지나 중년생이 되는 사이 나는, 어떤 사람이 되어 있는 걸까. 혹시 막내는 나 때문에 몰래 운 적이 있었을까? 가슴이 따끔하고 속이 거북했다.

"일하다 보면 서로 마음 안 맞을 때도 있지. 그런 거 신경 쓰면 일할 수 있겠어? 너도 뭐 나 때문에 힘들기도 했을 거고 ⋯."

말이 길어졌다. 막내는 속을 알 수 없는 표정으로 그저 묵묵히 들을 뿐이었다.

나 역시 누군가의 시련이었다. 그 한 생각이 너무 무거워 집으로 돌아오는 길이 한참이나 걸렸다. 서른다섯, 기록적인 한파를 기록했던 날, 나는 다시 막내가 되었다.

꾸역꾸역
버티다 보면

한 달이 지났음을 알리는 건 월급도 생리도 아니다. 바로 원고 마감이다.

나는 매월 음력 1일, 초하루마다 발간되는 월간지에 불교 설화를 연재한다. 불교 설화를 적당히 각색한 A4 1장 분량의 원고는 경전 말씀, 스님 법문 등과 함께 실린다. 말이 연재지 그저 지면을 채우기 위한 용도라고 보는 게 더 정확하다. 실수로 지난달과 비슷한 내용의 글이 나간다 해도, 혹은 갑자기 아이템이 바뀐다 해도 이상하게 생각하는 사람 하나 없는 글이다.

그런 글을 쓰고 싶었던 것은 아니다. 작가 지망생이 되어 글을 쓰기 시작했을 때, 나는 곧 많은 이들을 열광케 하는 글을 쓸 거라 믿었다. 하지만 직장을 다니며 글을 쓰는 건 생각보다 쉽지 않았다. 시간은 조급한 마음처럼 빠르게 흘렀고, 나는 점점 글과 멀어졌다. 결국 아직도 나는 작가 '지망생'에 머물러 있다. 그래서 이제는 쓰고 싶은 글이 아님에도 악착같이 써내려고 매달린다. 아무것도 쓰고 있지 않지만, 뭐라도 쓰고 있다는 자기 합리화를 위해.

이번 달엔 대체 뭘 써야 하나. 교정을 하고, 책 편집을 하고, 택배를 보내는 사이사이 성실하게도 생각한다. 각색할 원고를 집으로 가져가지 않는다고 해도, 일은 회사와 집의 경계를 모른다. 무엇을 쓸까 생각하면서 잠들고 대체 무엇을 써야 하나 생각하며 일어나는 일상이 내내 이어진다.

연재를 시작한 지는 3년이 넘었다. 그동안 깨달은 것이 있다면 절대 한 줄도 쓰지 못할 것만 같은 글도 신기하게 마감 하루 전이면 항상 모습을 보인다는 것이다. 아슬아슬했지만 마감을 넘기지 않고 마침표를 찍었다. 겨우 지면을 채우는 것이 목적인 글이라 해도, 목적을 완수했다는 것만으로도 충분했다. 이번 달도 써냈다는 사실은 먼 곳의 나에게 보내는 긍정의 신호가 되었으니깐.

꾸역꾸역 생각하고, 꾸역꾸역 쓰고, 꾸역꾸역 버티다 보면 한 달은 어김없이 지난다. 많은 일이 있었던 것 같지만 돌아보면 아무런 이벤트도 없는 한 달이다. 적당히 기분 좋고 적당히 기분 나쁜 한 달. 내가 받는 월급보다 훨씬 많은 일을 한 것 같아 억울하지만, 통장에 찍힌 숫자를 보며 또 안심하는 한 달. 그런 한 달이라도 꾸역꾸역 버티다 보면 어느새 지나가듯이, 꾸역꾸역 버티다 보면 언젠가 내가 쓰고 싶었던 글을 쓰는 날이 내 앞에 모습을 나타내겠지.

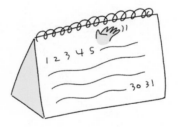

보이지 않는 곳에
존재하는
각자의 사정

한 해가 지난 데다 막내까지 나가고 나니, 출판사 평균 나이가 드디어 마흔을 넘었다. 한 해라고 해봐야 겨우 두어 달 지났을 뿐인데 많은 것이 달라졌다.

팀장, 김 대리 언니, 나, 누구 할 것 없이 모니터에 한글 워드를 140% 확대하지 않으면 금세 눈이 침침해졌다. 책을 가득 넣은 상자를 번쩍번쩍 들어도 아무렇지 않았던 예전과 다르게 다음날이면 관절 마디마디가 아팠다. 책상 위에는 온갖 종류의 영양제가 자리를 차지하고 있다. 비타민C, 비타민D, 비타민B12, 루테인, 오메가3, 마그네슘, 홍삼. 하루하루 닳고 있는 수명을 기댈 곳은 이것들뿐이다. 거기다 알레르기 때문에 5분에 한 번꼴로 다 같이 돌아가며 코를 풀어대고 있다. 맹맹한 콧소리로 부르면, 재채기로 대답했다.

"우리 좀 쉬었다 할까?"

팀장이 결국 더는 버티지 못하고 책상에 엎드렸다. 김 대리 언니와 탕비실로 가서 커피와 냉장고에 남은 케이크를 준비해 왔다. 케이크는 김 대리 언니가 사다 놓은 것인데, 유통기한 마지막 날이 되어서야 다시 냉장고 밖으로 나왔다.

출근한 지 7시간여 만의 휴식이었다. 카페인이 주는

위안을 천천히 음미했다. 케이크도 한 입 먹어볼까 하는데, 누군가 불쑥 사무실로 들어왔다. "여긴 뭐 이렇게 맛있는 거 먹고 있어?" 종무소 안 과장이었다. 특유의 능글맞은 웃음으로 우리를 살피며 곁에 앉았다. 안 과장은 가끔 특별한 이유 없이 출판사를 찾아오는데, 그때마다 감시를 받는 기분이 든다.

"안 보이는 데 있다고 맨날 일 안 하고 이렇게 놀고 있는 거 아냐?"

출판사는 절에서 유일하게 따로 떨어진 건물의 단독 사무실을 쓴다. 절을 찾는 모든 이들에게 오픈된 종무소나 서점 같은 부서 직원들은 우리가 부러울 수도 있다. 사람들에게 치이는 자신들과 달리, 평화롭게 책상 앞에 컴퓨터만 마주하면 된다고 생각하니. 출판사는 팔자 편하게 놀면서 일한다는 말은 아마 안 과장의 입에서 시작되었을 게 분명하다.

보이는 게 전부인 것이다. 좁은 사무실에 무덤처럼 쌓인 책에서 나오는 먼지와 진드기는, 그래서 사계절 내내 달고 사는 알레르기는 그들의 눈에는 보이지 않는다. 책과 홍보물을 만들기 위해 지새우는 몇 날 며칠의 밤 동안 이 큰 절을 지키는 사람은 팀장, 김 대리 언니, 나뿐이란 건 우리 셋만 아는 사실이다.

출판사가 사람들 눈에 띄지 않는 곳에 있다 보니, 이곳의 일과 노고조차도 가려진다. 원래 각자의 사정은 보이지 않는 곳에 존재한다. 그렇다고 "사실 너네가 못 봐서 그렇지, 우리가 더 고생하거든!" 그런 말을 하고 싶은 생각은 딱히 없다. 그저 그들과 우리 모두 하루하루 피로에 눌려 살아가는 같은 직장인일 뿐임을 알았으면.

"뭘 모르면 말이나 말지. 자기야말로 퇴근까지 여기저기 어슬렁거리며 시간이나 때울 거면서. 하여튼 말하는 거 맘에 안 들어."

우리는 안 과장이 내려간 뒤 입을 모아 욕을 했다. 욕이라고 해 봤자 기껏해야 이 정도다. 그 이유는 우리가 욕을 못 해서가 아니다. 회사가 절이다 보니. 남을 욕하는 죄를 지으면 혀가 쟁기로 갈리는 발설지옥에 간다는데, 부처님이 다이렉트로 보고 있는 여기서 어떻게 속 시원히 욕을 하겠는가.

인생도
교정할 수 있다면

느리지만 봄은 오고 있었다. 바람은 여전히 차가워도 창으로 내리쬐는 한낮의 햇살은 서늘한 등을 다독이듯 데워주었다.

업무도 계절처럼 돌아왔다. 부처님 오신 날 준비와 동시에, 재판할 도서들의 교정과 편집을 하며 바쁘게 보내고 있다. 붉은 펜으로 책에 적당한 교정부호를 표시하고 Backspace와 Delete를 이용해 수정하는 작업. 그 일련의 과정은 단지 글자와 문장에 지나지 않지만, 잘못된 것을 올바르게 잡고 현재보다 조금 더 나은 어떤 것으로 만들기에 묘한 성취감을 준다. 인생도 그렇게 교정할 수 있다면 어떨까. 가령 이런 상황들에서.

대학 4학년 때, 전공 수업으로 장편영화 시나리오를 썼다. 처음 쓰는 장편이라 애를 먹었고, 애를 먹은 만큼 애정을 쏟았다. 시나리오의 절반까지 썼을 무렵, 강의를 함께 듣던 친한 동기들이 하나둘 취직을 했다. 점점 빈 자리가 늘어나는 강의실을 보며 나는 초조해지기 시작했다. 거기다 마음을 붙잡고 시나리오를 끝내고자 한 결심은 학자금 대출 원금 상환일이 가까워지며 나약해졌다. 결국 시나리오를 완성하지 못한 채로, 나는 다시 직장인이 되었다. 내 생각 속에서 태어나고, 내 열 손가락 끝에서 자라난 이들은 잠이 허락되지 않는 밤 속에 영원히 갇혀버리고 말았다.

　또 교정하고 싶은 순간은 중학교 2학년 어느 날이다. 당시는 머리카락 길이가 귀밑 3cm까지만 허용되던 시기였다. 하루는 등굣길 교문 앞에서 불시에 두발단속이 이뤄졌다. 매일 함께 등교하던 친구와 나는 나란히 걸리고 말았다. 고작해야 운동장 몇 바퀴겠거니 생각했는데, 선생님께서는 가위를 주며 뒷사람이 앞사람의 머리카락 일부를 자르라고 명령했다. 쭈뼛하고 있던 나는 선생님의 호통 소리에 놀란 나머지 친구의 머리카락을 한 움큼이나 자르고 말았다. 서걱- 그 소리가 어찌나 서늘했는지 나는 머리카락을 쥐고 그대로 얼어버렸다. 친구는 내 손 안에 자신의 머리카락을 보고 한참 동안 대성통곡했다. 짧아진 머리카락이 다시 귀밑 3cm를 넘을 때까지 친구는 나를 외면했다. 이후, 어떻게 사이가 다시 좋아졌는지는 기억이 나질 않는다.

　그 순간들을 수정한다 해도 내 인생은 지금과 별반 다를 게 없다. 그럼에도 붉은 펜으로 고침표를 넣어 교정하고 Backspace나 Delete를 이용해 바꾸고 싶다. 선생님의 호통에도 침착하게 친구의 머리카락을 조금만 잘랐더라면, 20년 넘게 이어지고 있는 우정의 공백은 단 하루도 없었을 것이다. 마음을 다잡고 시나리오의 마침표를 찍었다면, 해냈다는 경험만으로도 나 자신을 나약하지 않은 인간이라 생각할지도 모른다.

하지만 아쉽게도 인생에는 Backspace와 Delete 키가 없다. 지울 수가 없으니 수정할 수 없는 건 당연하겠지. 그러니 주어진 한 장의 종이와 한 개의 펜으로 신중히 생각하고 쓸 수밖에.

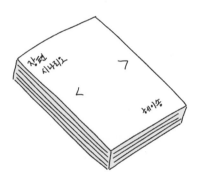

사라진
마그네틱

월급날이 되어 은행을 찾았다. 만기 된 적금을 해지하고, 월급의 상당 부분을 보태어 마지막 남은 학자금 대출을 갚았다. 이로써 지긋지긋했던 빚쟁이 생활을 청산했다. 통장은 제 속을 다 비워내고 너덜너덜해진 몸으로 내게 돌아왔다. 사라진 건 통장의 마그네틱일 뿐인데 어째서 지난 몇 년의 나도 함께 사라진 느낌일까. 지금부터 다시 시작이라고 생각하니 힘이 빠진다.

가만 생각해 보니 사라진 건 그것만이 아니었다. 돈은 나의 거취를 정했고, 빚은 성실함의 또 다른 이름으로 나를 꾸역꾸역 출근하게 했다. 적은 돈에도 납작 엎드려 감사할 줄 알고, 하나를 시키면 열을 하도록 만들고, 지난 몇 년간 나를 다시 직장인으로 살게 했다. 그런데 지금, 나를 그렇게 살도록 한 이유도 사라졌다.

그러니까, 어쩌면 지금 이 순간이 인생에서 기대할 수 있는 가장 희망적인 순간일지도 모른다는 것이다. 내가 그토록 기다리던 속박에서 벗어날 기회 말이다. 그 생각이 순식간에 머릿속을 가득 메웠다.

아니, 잠깐 정말 그거 맞아?

아주 짧게 이성이 고개를 내밀었다. 몰라, 될 대로 되라지 뭐. '에라 모르겠다'라는 마음은 숙고의 시간을 밀어

내는 큰 힘을 발휘했다. 그리고 지금 이 결심이 후회로 바꾸기 전에 얼른 질러 버리라며 사무실로 돌아가는 걸음을 재촉했다.

스물 아홉,
서른 다섯

은행에서 사무실로 돌아와 곧장 팀장에게 향했다. 그리고 결국 그 말을 내뱉고 말았다.

"팀장님, 저, 회사 그만둘게요."

인생은 때로 맥락 없이, 갑자기 방향을 틀어 나를 전혀 다른 곳으로 데려다 놓는다. 그럴 때 이유를 찾는 건 어리석은 짓이다. 이미 여기까지 와 버렸는데, 뒤늦게 무슨 의미가 있을까. 그래도 굳이 이유를 찾아야겠다면 모른 척 우연에 기대어 버리면 된다.

내가 찾은 우연은 이것이었다. 부처님께서는 싯다르타 태자의 신분으로 스물아홉 살에 출가해 6년의 고행 끝에 서른다섯, 깨달음을 얻으셨다. 출판사에 입사했을 때 우연히도 나는 스물아홉이었고, 채무자로서의 고행을 끝낸 지금 우연히도 서른다섯이다. 이로써 회사를 그만둘 이유는 타당했다.

그렇다 하더라도 왜 그만두냐는 팀장의 물음에 "부처님이랑 유대관계를 좀 형성하고 싶어서요."라고 할 수는 없었다. 대학 졸업 전까지는 공모전에서 떨어지기를 수없이 반복하면서도 글을 썼다. 졸업 후 학자금 대출을 갚으려 아둥바둥하는 8년에 가까운 시간 동안 글과 점점 멀어졌다. 그런데도 "요즘은 어떤 글 써? 회사 다니면서 쓰기 힘들지?"라는 질문에는 꽤 오래전부터 구상했던 글을 조금씩 써 나가고 있다며 그럴싸한 말들로 위기를 넘겼다. 지금도 그때처럼 그럴싸한 말이 필요했다.

"이제 갚을 빚이 없거든요. 또 빚쟁이가 되면 다시 일할 생각이에요. 그 전까지는 글 쓰려고요. 아무래도 이대로는 안 될 거 같아서요."

조심스러웠지만 어느 때보다도 확신에 찼다. 누가 어떤 이유와 조건을 들이대며 나를 붙잡아도 절대 흔들리지 않을 단단한 결심이었다. 팀장은 이 순간을 마치 예전부터 준비한 사람처럼 덤덤하게, 인원을 충원하고 일을 가르치고 인내하고 익숙해지는 그 모든 과정을 순순히 받아들였다.

"쏭 보면서 늘 하고 싶은 일이 있다는 걸 부러워했는데, 회사를 그만둘 수 있는 용기도 있다는 게 더 부럽다. 난 용기가 없었거든. "

팀장은 곧 백수가 될 나를 자신보다 훨씬 나은 사람이라고 말했다. 하지만 나는 그렇게 생각하지 않는다. 하고 싶었지만 끝내 하지 못한, 그것을 향한 팀장의 마음이 절대 나보다 덜하지 않았을 것이다. 단지 그녀보다 내가 짊어져야 할 현실적 무게가 조금 더 가벼울 뿐.

퇴사 선언은 생각보다 너무 순조롭게 끝나 허무하기까지 했다. 나는 자리로 가 조용히 앉았다. 이제 나는 어떻게 될까. 앞으로 펼쳐질 우여곡절의 삶을 생각하니 덜컥 겁이 났다.

이방인

노트, 텀블러, 손목 보호대, 비타민, 책상용 빗자루, 미니 선풍기, 핸드크림, 립밤, 거울, 오래된 카드 명세서, 몇 년 전 받은 타부서 직원의 청첩장, 앞치마, 슬리퍼.

짐은 이게 전부다. 6년 가까이 내 삶의 중심이었던 곳이라 하기에는 소박했다. 종이가방 하나면 충분할 이것들을 퇴사하겠다고 말한 다음 날부터 하나씩 챙겨 퇴근했다. 이렇게 함으로써 하루라도 빨리 회사에 나오고 싶지 않은 마음을 누그러뜨렸다. 마지막을 하루 앞둔 지금, 슬리퍼만 남았다. 온갖 메모와 원고, 정리 안 된 물건으로 가득 찼던 내 자리가 적막하리만큼 비워졌다.

업무 파일도 팀장과 김 대리 언니에게 적절히 나눠 넘어갔다. 파일이 다 빠져나간 모니터를 보고 있자니 그동안의 시간이 모두 사라진 기분이었다. 지금까지 내가 무엇을 했는지 벌써 아무런 생각이 나지 않았다. 팀장과 김 대리 언니는 오랜만에 다시 하는 일에 곤혹스러워했지만, 더는 내게 시키지 않았다. "쏭, 이거 어떻게 했더라?"하고 물어보면 나는 "제가 해서 넘겨드릴게요."라고 말했다. 그러면 "땡큐."라는 대답이 돌아와야 하는데, 지난 3주 내내 "아냐, 내가 직접 할게. 알려주기만 하면 돼."라는 말을 들었다. 나는 천천히 일에서 제외되었다.

매주 목요일 회의도, 절의 행사에도 참여하지 않았다. 세 명에서 둘로 줄어들었지만, 회사 내 대부분이 나의 부재를 자연스럽게 받아드렸다. 그들은 어느 때보다 내게 친절했다. 나와 더 오래 일하길 바라고 있었다는 말까지 하며 나의 퇴사를 아쉬워했다. 나를 두고 그런 생각을 하는지 전혀 예상치 못했는데, 그래서 나는 평소보다 더욱 친절하게 인사했다. 마지막이라고 생각하니 관대해지는 건 나 역시 마찬가지였다.

내가 생각했던 것보다 빨리 이방인이 되었지만 씁쓸하거나 서운하지 않았다. 오히려 그 덕분에 지난 3주 동안 나는 회사가 아닌 절에 오는 마음으로 출근했다. 나를 잡아먹기 위해 몰려든 포식자들은 여전했지만 이미 내 마음엔 평온과 자비가 넘쳤다. 끝이 있다는 것은 참 다행한 일이다.

퇴근 후에 팀장과 김 대리 언니와 함께 저녁을 먹었다. 좁은 테이블에 둥글게 앉아 우리는 개인의 가벼운 일상, 사회 이슈, 회사 안에서 일어난 일 등의 대화를 나누며 평범한 저녁을 보냈다. 그러면서 힘들었던 일, 화났던 일, 미웠던 일들마저 아무것도 아닌 게 되어버렸다. 그 감정들을 다 잊고 그저 좋기만 했던 회사로 기억된다는 게 조금은 억울하지만, 그래도 이보다 더 좋은 마지막도 없을 것이다.
기분 좋은 식사를 마치고 내일 보자는 인사를 하고 헤어져
집으로 돌아왔다. 내일은 마지막 출근을 한다.

4부

평안에 이를 수 있을까

나는
백수로소이다

아까부터 연신 울리는 핸드폰 진동에 결국 잠을 깨고 말았다. 일어나 확인하니 아침 10시가 조금 넘은 시간이었다. 짜증이 치밀어 올랐다. 도대체 누군데! 누가 새벽부터 백수한테 연락하는 건데!

회사를 그만두고 2주가 흘렀다. 처음 며칠 동안은 습관처럼 6시 30분이면 일어나 하루를 시작했다. 하지만 인간은 적응의 동물이 아니던가. 35년을 아침형 인간으로 살았던 나는 서서히 사라졌다. 지난 몇 년 동안 잠들 때면 했던, 내일 할 일에 대한 생각을 더는 하지 않아도 되었다. 생각 없이 잠들고 생각 없이 일어나 할 일 없는 삶을 살고 있다. 마우스피스를 끼지 않고 잠들어도 괜찮은 날도 부쩍 늘어났다.

출근하지 않는 삶이 시작되며 새롭게 알게 된 사실이 몇 있다. 먼저 나는 스스로 일을 잘 찾아서 하는 편이라 생각했는데, 그건 지시와 감시가 바탕이 되었을 때의 얘기였다. 또 누구보다도 빠른 업무 수행 능력의 원동력은 마감 기한에서 비롯된 것이란 걸 알았다. 지시와 감시, 마감 기한이 없는 자유의 몸이 되자 도통 어떻게 일을 해야 할지 감이 오질 않았다. 나는 의외로 속박이 체질이었나 보다. 커피를 마시기 위해 올려놓은 물이 끓기까지, 멍때림의 시간이 사라졌다. 믹스커피 한 잔에 필요한 물의 양은 생각보다 매우 적었다.

　백수가 된 후 참 많이 걸었다. 계절을 가까이에서 지켜볼 수 있다는 사실은 나를 자주 울컥하게 했다. 평일 한낮에도 거리에는 사람이 많았다. 저들은 무엇 때문에 이 시간에 어떤 곳에도 소속되지 않았을까. 그런 생각을 하며 걷다 보면 어느 순간 둘 혹은 셋 사이의 혼자인 나를 발견하곤 했다. 휴식 같은 일상은 평화로웠지만 때때로 외로웠다. 외로움으로부터 늘 내 곁을 지키던 택배는 이제 사치가 되어버렸다.

　그런 탓에 나중에는 주로 밤 11시를 넘겨 산책에 나섰는데, 그 시간의 길에도 누군가는 꼭 있었다. 같은 시간 같은 장소에서 마주치는 같은 사람들. 70대 노부부도 그들 중 하나였다. 두 분 다 앞을 보지 못했다. 서로의 팔을 꼭 붙들고 소리에 귀를 기울이며 골목을 걷는 두 사람. 골목을 비집고 들어오는 차에 놀라는 나와 달리, 그들은 익숙한 듯 침착하게 한편에 물러나 있다가 차가 떠나면 다시금 걸었다. 혹시나 하는 노파심에 거리를 두고 노부부의 뒤를 따라갔다. 오래 걸리지 않아 그럴 필요가 없다는 것을 알고 난 뒤부터는 마음 편히 그들과 다른 길을 걸었다.

산책에서 돌아와 새벽에 까무룩 잠이 들 때까지는 핸드폰 구직 앱을 통해 업데이트된 구직현황을 살폈다. 다시 취직하려는 의도는 아니다. 그저 일하지 않는 하루의 습관 같은 불안함이었다. 그게 무엇이었든 오랜 습관이라고 생각하면 위안이 된다. 원래 그랬으니, 전혀 신경 쓸 필요가 없는 것. 그렇게 취급해버리면 그만이니깐. 아직은 이 무기력한 삶을 더 즐길 필요가 있다.

언젠가는
이 여유도
끝나겠지만

생각해 보니 대학 다닐 때 했던 아르바이트를 포함해 약 15년을 일했다. 나 자신이 무척 대견스러워 제대로 된 휴가를 주고 싶었다. 그래서 퇴사 후 많이들 한다는 동남아 한 달 살기에 동참하기로 했다. 한 달은 너무 길어 보름의 일정으로 치앙마이행 비행기를 탔다.

치앙마이에 와서 본격적으로 게으른 생활을 시작했다. 그러고 싶지 않아도 날이 더운 탓에 어쩔 수가 없었다. 정오가 되어 일어나 숙소 근처 카페에서 커피를 마시고, 다 마신 다음에는 카페 앞의 절에 가서 멍하니 앉아 있었다. 6년을 절에서 일하고도 이 먼 곳까지 와서도 또 절을 찾다니. 스스로도 기막혀하면서도 여행 내내 절을 찾았다. 배가 고파지면 절에서 나와 점심을 먹고 숙소로 돌아갔다. 다른 투숙객들은 이미 아침 일찍 관광지 구경에 나섰기에 그 큰 건물에 나 혼자 있는 경우가 많았다. 벽을 타고 어떤 소리도 들리지 않는 평온함이 찾아오면 에어컨 바람 밑에서 책을 읽다 잠들었다.

잠에서 깨어나면 저녁을 먹기 위해 숙소 근처를 배회했다. 올드타운은 걷기에 좋은 길은 아니었다. 인도와 도로의 구분이 없는 곳이 많았고, 신호등을 찾기도 힘들었기에 차를 피해 재빠르게 길을 건너야 했다. 해가 진 뒤였지만 등이 흠뻑 젖을 만큼 더위는 여전했다.

저녁을 먹고 숙소로 돌아오면 관광지 구경에 나섰던 투숙객들도 하나둘 돌아왔다. 그들의 붉게 상기된 얼굴을 보고 있으면 '내일은 나도 어디라도 가볼까?' 하는 생각이 들었다. 하지만 실제로 그런 적은 한 번도 없었다.

소란스러웠던 숙소는 자정쯤이 되면 조용해졌다. 테라스로 나가 둘러보면 불이 켜진 방은 거의 없었다. 모두 잠을 자는지, 방 안에 없는지 모르겠지만 아무도 밖으로 나오지 않았다. 다시 밖으로 나갔다. 강아지 크기의 쥐와 손바닥 반만 한 바퀴벌레들을 피해 불빛을 따라 걷다 보면 타패게이트가 나왔다. 타패게이트 광장 일각에 적당히 앉아 사람들을 구경하며 그들을 주인공으로 이런저런 이야기를 지어내는 일은 하루 중 가장 즐거운 일이었다.

언젠가는 이 여유도 끝이 난다. 돌아가야 할 시간은 정해져 있고, 그때가 되면 지금까지와는 다른 삶이 시작된다. 여유에서 불안으로 나아가기 위해 매일매일을 사는 셈이다. 그래서일까. 숙소로 돌아갈 시간이 오면, 영영 두고 떠날 이름도 모르는 그들이 애틋해졌다.

오늘은 비가 내렸다. 저녁을 먹고 돌아오는 길에 조금씩 내리기 시작한 비는 천천히 도시를 검게 물들였다. 여행지에서의 비. 그것도 색색의 전등불로 주변을 밝히는 밤의 비란, 여행객의 마음을 훔치기에 완벽했다. 지금까지와는 다른 새로운 일상이 펼쳐질 것 같은 막연함이, 기대라는 착각마저 불러일으켰다.

괜한 설렘에 마시지도 못하는 맥주 한 캔을 사서 광장 한편 비를 피해 앉았다. 몇 모금 만에 얼굴은 붉게 달아올랐고, 머리부터 발끝까지 몸이 퉁퉁 부었다. 뜨거워진 몸에 타닥타닥 닿는 비는 그렇게 시원할 수가 없었다. 술기운이라는 것은 참 신기하다. 평소에는 전혀 느낄 수 없는 감각과 감정이 들끓었다. 그것은 뭐라 형언할 수는 없지만, 나를 세상에서 가장 충분한 사람으로 만들어주었다. 저 밑바닥에서 내내 나를 붙잡아두던 불안함도 사라진 밤이다. 자책하며 웅크렸던 날들, 끓어오르는 속을 삭이기 위해 납작 엎드렸던 날들, 끝나지 않을 끝을 위해 참고 참았던 무수한 날들이 어느새 굵어진 비와 함께 씻겨 내려간다.

무릎 위로 빗방울이 툭, 떨어졌다. 뻣뻣하게 굳은 무릎을 펴고 자리에서 일어났다. 툭, 투둑, 투두둑. 한 걸음 만에 머리가 흠뻑 젖고 말았다. 숙소까지는 뛰어가야겠다.

할 일은 없지만
보채지 않기로

이제 뭐 해 먹고 살아? 나, 이대로 괜찮은 걸까? 실컷 놀고 나니 현실이었다. 돌아오자마자 일이 짠! 하고 생길 거라는 기대는 안 했지만 이렇게 할 일이 없을 줄은 몰랐다. 누구도 내게 일을 시키지 않으니 스스로 찾아야 하는데 무엇부터 해야 하는 걸까. 드디어 아무런 계획 없이 퇴사했을 때의 문제에 직면하게 되었다.

일이란 건 참 희한하다. 하고 있을 때는 하기 싫고, 하지 않을 때는 하고 싶어지니. 할 때나 하지 않을 때나 자존감이 내려가는 건 마찬가지지만, 내가 살아 있음을 증명하는 길은 결국 '일을 함으로써'다. 이 상황에서 위안이 되는 건 부귀영화는 없지만, 평생 일거리가 떨어지지 않을 거라는 내 사주팔자다. 어릴 때야 평생 일할 팔자가 지긋지긋했는데 사실, 그만큼 다행한 인생이 어디 있을까.

'도이수텝에 가지 않으면 치앙마이에 온 것이 아니다'라는 말이 있다. 나는 치앙마이에 있는 동안 너무나도 착실하게 게으른 생활을 하느라 도이수텝에 가지 않았다. 그렇다고 해서 정말로 내가 치앙마이에 다녀오지 않은 건 아니다. 내가 보고 맛보고 느끼고 경험했던 모든 것들은 사실 그 자체였다. 단지 나는 사람들과 다르게 나만의 방식으로 치앙마이를 만나고 왔을 뿐.

남들과 같은 일반적인 삶을 살지 않는다고 해서 그게 잘못된 인생이란 건 아니란 말이다. 그런 이유로 내 팔자를 믿고 먹고사는 문제에 나 자신을 너무 몰아세우지 않을 테다. 산 입에 거미줄이 쳐진다면 그 거미를 먹고라도 살면 될 테니. 지금부터 목표는 보채지 않는 삶을 사는 것이다.

더 납작 엎드릴게요

초판 3쇄 2024년 7월 10일
지은이 헤이송
펴낸곳 고라니북스
goranibooks@kakao.com
@goranibooks

© 헤이송, 2021

ISBN 979-11-969610-3-9

이 도서의 국립중앙도서관 출판예정도서목록(CIP)은 서지정보유
통지원시스템 홈페이지(http://seoji.nl.go.kr)와 국가자료종합목록
구축시스템(http://kolis-net.nl.go.kr)에서 이용하실 수 있습니다.
(CIP제어번호 : CIP2020042146)